新妹魔王的契約者 5

The Testament of Sister New Devil

Kadokawa Fantastic Novels

東城刃更
澪和萬理亞的「哥哥」，能使用異能「無次元的執行」。
成瀨萬理亞
慫恿刃更和澪締下主從契約的「小妹」，蘿莉色夢魔。
野中柚希
勇者一族的少女，喜歡青梅竹馬的刃更。
野中胡桃
柚希的妹妹，最近住進刃更家一同生活。
東城迅
刃更的父親，前最強勇者。

瀧川八尋（拉斯）
表面上是刃更的同班同學，實際上是監視澪的魔族。
露綺亞
萬理亞的姊姊，侍奉拉姆薩斯的魔族。
拉姆薩斯
在前任魔王死後統整穩健派的魔族，澪的伯父。
雷歐哈特
與穩健派對立的現任魔王。
成瀨澪
前任魔王的女兒，刃更的新「妹妹」。

「潔絲特是刃更主人的侍女……請讓人家好好記住這件事吧！」

「身體愈來愈燙……
呼啊啊啊！」

「給我……退下！」
「可惡——非用不可了嗎！」

「——安心地去吧，戰神之子！」

新妹魔王的契約者

The Testament of Sister New Devil

5

上栖綴人

插畫◯大熊猫介

Kadokawa Fantastic Novels

彩頁／內文插畫　大熊猫介

The Testament of Sister New Devil

ConTeNts

我絕不准你用「戰爭」這樣取巧的說法帶過。
別拿那麼好用的字眼，正當化每個人的痛苦。

序曲　在聖誕節的當晚啟程

1

這世上，有個稱為「魔界」的地方。

那是從前神族時代，遭到放逐的人們在另一個次元建構的世界。

他們誓言向將他們逐出樂園的神族復仇，將自己改變為相對於神聖的種族。

也就是魔族。

人類生活的世界，據說就是神族為了避免魔族直接入侵神界而造的緩衝防線。

爾後——重創神魔兩族的「第一次神魔大戰」結束，雙方皆需要長期休眠，休養生息。

從休眠中甦醒後，神族創造了稱為「人類」的生命體，並將力量與護祐給予資質合適的人類——一群能對抗魔族的人類就此誕生。

他們一再與企圖入侵神界而再次出現的魔族交戰，擁有足以維持人界和平的力量。時間一長，人們開始稱呼他們為——勇者一族。只不過——

……沒人知道真假就是了。

剛洗過澡的澪裹著浴巾返回房間，關上門心想。

她懷疑的不是勇者一族的起源，而是神族和魔族、神界和魔界的由來。

儘管澪馬上就要前往魔界，但她與屬於勇者一族的刃更幾個或魔界長大的萬理亞不同，人生絕大部分的時間，都是以普通人類的方式在這世界生活。

即使親身體驗了異能的存在和力量，也是個資歷不足一年的菜鳥。

因此，仍令她無法完全相信的事物還有不少。

……可是。

說不定——存在於這世界上的神話和宗教傳統，並不全是編出來的。即使學校教的宇宙起源、地球誕生或人類進化過程等理論能得到科學的佐證，也無法得知是否真是那麼回事。

成瀨澪很清楚，這世上有很多科學無法證明的事。

魔族、勇者和魔法等等，都確實存在。

——而今天十二月二十五日夜裡，澪等人要出一趟難得的遠門。

在萬理亞的姊姊露綺亞的引領下，前往另一塊土地——魔界。

序曲
在聖誕節的當晚啟程

和萬理亞同屬穩健派的姊姊露綺亞，來到東城家傳達魔界的邀請，是在運動會那天晚上……距今約一個月前的事。

據說是因為在這個與現任魔王派的決戰日益逼近，就連穩健派中也出現應該取出澪所繼承的威爾貝特的力量、另加保管的聲音，與希望直接擁立澪為新魔王的人們意見相左，理不出結論，因此需要聽聽澪現在的意思。

澪幾個奮鬥到今天，都是為了維持日常的安穩生活。若這趟魔界之行是必經之路，自然是在所不辭，畢竟敵方的首領就是現任魔王。

但話雖如此，澪幾個還有自己的生活要過——需要上學。刃更為此堅決表示，不願意為他們做出請長假或缺席段考等輕忽學校生活的行為，硬是將日期延到第二學期結束。

「……哎呀，糟糕。」

澪坐上梳妝台前的椅子，拿吹風機吹起頭髮。

特地從更衣間回房穿衣，是為了仔細整理儀容行裝。

現在時間剛過晚上十　點，再過一小時，萬理亞的姊姊露綺亞就要來接他們了；萬理亞和柚希跟胡桃，也都在做最後的準備吧——只有刃更一個人除外。

刃更和結業式後直接結伴回家的澪和柚希不同，自己去了另一個地方。聽說是他和學生會成員有約在先，要參加運動會的慶功宴。

——而執行委員會的慶功宴，已經是之前的事了。

今年運動會執行委員會人數較往年膨脹近一倍，再加上本來不應出現的三年級生強行加入，從準備階段就挾帶各種問題；後來運動會當天還發生刮起強烈龍捲風的意外插曲，造成部分機材故障損壞。所幸大夥齊力共度難關，讓運動會終於平安落幕。之後，執行委員再度到視聽教室集合，聽各部部長作完活動報告後，委員會就此解散，並當場用學生會準備的點心和果汁開了一場小小的慶功宴；澪、柚希和刃更都參加了，另外兩個同班的執行委員相川志保和榊千佳當然也沒有缺席。

……不過。

管理學校大小行事的學生會成員，和卸下執行委員會頭銜後就能回歸正常學生生活的一般學生不同，還得重新審閱所有部門的活動報告，檢查運動會整體的籌備和營運中是否發生問題，挑出該反省或改善的部分整理成活動記錄，讓明年能做得更好。因此，參與運動會的學生會成員的後續工作，要一直忙到第二學期最後一天——也就是十二月二十五日才算正式完成，且按照慣例，當晚會辦一場慶功宴。

在運動會執行委員會中負責輔助學生會的刃更，也特別受邀參加這場慶功宴。澪幾個女生是很想在前往魔界前和刃更共進晚餐，但也不希望妨礙刃更的個人交際，況且——

——他昨天已經陪我們過了一整個聖誕夜了。

序　曲
在聖誕節的當晚啟程

萬理亞大展廚藝，澪幾個也當她的幫手，拿出鬥志在家烤了隻火雞，當然蛋糕也是親手做的。刃更吃得津津有味，大家也玩得很開心。只是——飽餐後休息時玩了萬理亞準備的遊戲，弄得刃更以外的所有女生都穿上情色聖誕女孩裝，最後被刃更狠狠調教了一番。

「這、這樣沒什麼好奇怪的吧？反正是聖誕節嘛……」

昨晚是一年之中最多男女滾床單的日子，高中生就別提了，甚至國中生都有一起過夜的吧。在這種狀況下，唯恐失去力量的澪幾個不能衝本壘，說起來還比那些人健全多了呢。真要說哪裡美中不足，大概是萬理亞愛玩的那套變態遊戲吧——而且絕大多數情侶，也不會像他們那樣集體混戰。

……總之，明年的聖誕蛋糕一定要找店家買才行。

假如自己動手做，萬理亞說不定又會偏執地準備一大堆鮮奶油和水果，把澪幾個裝飾成精緻美食。但話說回來——

……魔界啊……

究竟會是怎樣的地方呢。除了在那裡土生土長的萬理亞，別說是澪，就連刃更、柚希和胡桃都沒去過魔界。

勇者一族曾經踏上魔界，已經是刃更幾個出生前——那場愈演愈烈的大戰還沒結束的事。當時，令魔族聞風色變的「戰神」東城迅等精銳戰將，還曾經攻入相當深的地域——但兩界這十五年來不曾發生大規模衝突，為了避免無謂刺激重燃戰火，勇者基本上是禁止前往魔界的。

當然，這是澪第一次的魔界行，所以想在出發前先做點運動流流汗收緊神經，並好好整理服裝儀容提振身心。因此，飯後放好洗澡水的萬理亞請澪第一個入浴，只是——

「嗯……」

等到最後一個真是選對了。能夠悠哉地泡，讓身體最深處都暖和起來。澪拉開矮櫃放內衣褲的抽屜，檢視摺得小小、排列整齊的內褲，並取出符合預定顏色和花樣的，然後解開浴巾的結。

彈嫩的胸部最先露出，接著全身都暴露在空氣之中。光溜溜的澪將浴巾簡單對摺後掛在椅背上，把兩條腿接連穿過內褲、拉起。

包緊臀部後，澪雙手食指從背後伸進兩腿開口，由上到下再由下到上滑動，調整夾住的部位；然後拿起與內褲成套的胸罩，向前彎腰，動作熟練地裹住整個胸部並上扣。

接著站直身，兩手抓著鉤扣用力下拉，調整好側帶的位置，完成內衣對裸體的綴飾。用立式穿衣鏡檢查自己的模樣後——

「這種的會不會太煽情啊……但我也沒得挑了。」

她如此呢喃嘆息。澪的上圍原本就很雄偉，與刃更結了主從契約後一而再地被他屈服，讓尺寸更是大上加大。花樣可愛又能穿的非常難找，剩下的不是太單調老氣就是歐美進口的惹火胸罩。為了強化戰鬥力而加深主從關係或解除偶發的詛咒時，常常需要在刃更面前寬衣解帶。

既然刃更會看見，自然會希望展現自己最美的一面。這是非常正常的少女情懷。

「話說我是完全被萬理亞牽著走了吧。絕對是……」

最近只要聽到「刃更一定喜歡這樣」，澪什麼都會答應。

現在不只是柚希，連胡桃也一起住進東城家，偶爾和澪她們一起屈服在刃更手裡——說起來，那都是萬理亞鬧出來的——那些時候，野中姊妹穿的都是花樣可愛的內衣。為了不輸給她們，澪只能以自己的方式出擊。

不過——與刃更結了主從契約的澪和柚希，以及熱愛那檔事的夢魔萬理亞就算了，胡桃並沒有向刃更屈服的必要，也沒有陪伴澪她們的義務——

……而且胡桃最近好像不怎麼反感了耶。

當然，她害羞起來還是會抵抗一下，但最後依然會放任刃更處置，而澪知道那是為什麼——很明顯地，胡桃對刃更也懷有愛意，只是沒柚希那麼露骨。雖然自己沒立場批評別人，但澪也是個坦率不起來的人，所以比其他人更能明白野中胡桃有多麼喜歡東城刃更。

再加上佐基爾一事後，萬理亞也對刃更抱持好感。

只是這好感——目前仍算不上愛情，更像是單純享受把澪幾個推進火坑而滿足夢魔本能的樂趣。或許是因為這個緣故——

……她這陣子好黏胡桃喔。

萬理亞似乎是迷上了和胡桃一起玩。澪幾個上學時，她們倆基本上都是待在一塊兒，能和睦相處既不奇怪，變成好朋友也不是壞事。

她們好像還會一起上街，但從來不肯透露去了哪些地方。從她們這幾天經常一起洗澡，浴室裡又每每傳出胡桃的嬌喘看來，胡桃大概是完全變成萬理亞的玩具了吧。既然柚希這個姊姊不說話，胡桃能交到一個年紀相近的朋友，應該是好事一件。

再說——野中姊妹的關係似乎在過去五年間有所惡化，所以胡桃被萬理亞欺負而找姊姊哭訴時，讓安撫可愛妹妹的柚希感到姊妹情深依舊，反倒讓她挺高興的。

「……姊妹關係冰釋的力道太強也很傷腦筋呢。」

對澪而言，能看見萬理亞開心，自己當然也開心——只希望她不要動不動就要人做這樣那樣的事就好了。當澪想著這些事時——

『——我回來啦。』

樓下忽然傳來刃更的聲音。糟糕，原本打算先換好衣服，在樓下和大家一起等刃更回來的呢。

在聖誕節的當晚啟程

澪急忙穿上掛在牆上預備好的制服。她曾為該穿什麼衣服到魔界猶豫了一陣子，和刃更與柚希討論後，決定都穿制服去。因為學生制服最容易讓對方理解，他們在這世界是什麼立場、過的是怎樣的生活。

話雖如此，距離約定的十二點還有一段時間；一方面刃更可能要洗個澡，另一方面自己若在內衣費了那麼多精神卻對外衣隨便又是本末倒置，所以即使緊張，澪仍然一絲不苟地整理儀容。

穿上高筒過膝襪、在頭髮兩邊繫上緞帶後，澪一貫的打扮就完成了。她在鏡前轉一圈，確定每個角度都沒有問題就再整理一下細節，然後輕按胸口深呼吸三次，心理準備也跟著做好了。

離開房間前，澪手放在電燈開關上，回頭環視房間。看見的，是早已習慣的光景——

「…………」

成瀨澪將眼前畫面深深烙進眼底，要讓自己永不忘記似的。

一定要回到這裡，絕不迷失方向——同時在心中如此立誓。

從露綺亞造訪東城家，通知魔界相邀的那晚至今，有足夠的時間考慮各種問題、做足心理準備。

——譽為歷來最強的，前任魔王威爾貝特的力量。

即使放棄對佐基爾報仇，只要身上還有亡父的力量，澪就不可能離開她所處的狀況。

所以——澪幾個決定一訪魔界。

……可是。

那並不表示，她並不緊張惶恐。

穩健派和現任魔王派——這魔族兩大勢力，正為了爭奪那股足以左右魔界的力量爭戰不休。一行人就是要在這樣的局勢下前往魔界。

八成有過去無法比擬的試煉和苦難，在魔界等著他們。

——既然生為前任魔王的獨生女，這或許就是自己的宿命。

而刃更他們——是被澪的身世和抉擇牽連進來的。

所以至少在出發之時，不能表現出一絲退意。

刃更他們曾說，假如澪自己不想去，就不用逼自己去。

但最後，澪仍憑自己的意願決定冒這個險。

這是為了讓一切做個了斷，將生命因繼承父親的力量而遭到威脅——更殃及刃更他們的狀況，打上休止符。因此——

「……我儘快回來。」

成瀨澪對空蕩蕩的房間如此低語後，輕輕關燈、關門。

序　曲
在聖誕節的當晚啟程

之後，她不再回頭、不再停留。
全心向前邁進，緩步走下階梯。

第1章 與你在魔界的種種

1

到了十二點，露綺亞準時出現。

穿越空間、直接來到刃更等人面前的她——

「各位久等了……都準備好了嗎？」

語氣表情和活潑的萬理亞明顯不同，相當冰冷。

「——準備好了，請開始吧。」

東城刃更點頭回答。這一個月來，眾人都為這趟旅程做好了準備。

萬理亞外的每個人都穿著學校制服，就連胡桃也換上日前參加聖坂學園運動會時穿的制服。柚希和胡桃雖有勇者一族的戰鬥服能穿，但她們認為應避免穿著容易刺激魔族的服裝。

因為這次刃更等人的立場不是勇者一族——單純是澪的家人和朋友。

換洗衣物和各種生活必需品的份量，是比照不知會逗留多久的國外旅行來預估的。聽萬

第1章

與你在魔界的種種

理亞說，衣服到處都有得洗所以不成問題，刃更、柚希和胡桃的武器隨時都能自行召喚，沒有攜帶上的顧慮；只有醫療藥物等需求性高的勇者一族輔助用具，需要由柚希和胡桃自備。

所以，刃更和澪一人一個旅行箱，柚希和胡桃各兩個，大小皆不同；萬理亞在魔界也有住處，什麼也沒帶。

「好的，那我們就出發吧。」

露綺亞話一說完，她身旁的空間就張開一道巨大的魔法陣，漸漸與空間融合，很快就在空間中開出一口漆黑的洞。

「天啊……」

胡桃見狀小聲驚嘆。

難怪胡桃會這麼驚訝。一般而言，人類要前往魔界必須通過幾個條件。那是因為魔族階級較人類高，魔界所在的次元也高於人界所在的次元；由高往低建構連接次元的通道，和由低往高的原理本來就完全不同。

其中一個方法，就是使用少數人界與魔界次元重疊，造成空間不穩而出現接點的自然現象──「次元境界」。日本也有發生次元境界的地區，現由勇者一族的「村落」嚴密控管，若未經許可──像遭到放逐的刃更和繼承魔族之血的澪，是絕對不准使用的。至於澪幾個剛開始同居時，假稱去杜拜但實際上卻是去了魔界的迅，用的應該是國外的次元境界。

……因為老爸人面很廣嘛。

儘管被日本的勇者一族除名，身為大戰英雄的迅在國外的勇者一族還是吃得很開，找個去魔界的門路自然是難不倒他。

而現在，露綺亞則是純以魔族之身，直接建構出一條刃更等人類也能通過的次元境界，空間的接續面也十分穩定，可以窺見露綺亞的實力層次。

……不過她既然是穩健派首領的左右手，具備這樣的實力也在意料之中就是了。

勇者一族中，也有幾個擅長建構結界等空間型法術，但刃更從來沒見過讓空間或次元安定得如此完美的例子。當然，建構結界或空間技術高強並不等於戰力高強。這時——

「沒什麼好驚訝的。澪大人有魔族血統，刃更先生用的是魔劍，胡桃小姐使役的精靈中有些與魔界有關；只要利用那些魔性的波動，要建構你們能通過的次元境界並不困難。」

露綺亞彷彿看透他們為何驚訝似的說。

「……那我呢？我的『咲耶』應該沒有魔性波動才對。」

「——沒錯，柚希小姐妳的靈刀的確不含魔性波動。」

露綺亞輕輕點頭回答柚希的問題。

「所以，我利用了妳體內的魔性波動。」

「我體內的……？」

「就是妳和刃更哥結的主從契約的波動。柚希姊和澪大人都透過我的魔力和刃更哥連結在一起了。」

主從契約的媒介施術者萬理亞，親自向皺眉不解的柚希解釋。

「所以呢，就算澪大人沒有繼承魔族血統也無所謂；而胡桃呢，最近也接受過我很多夢魔的洗禮，就算沒有魔屬性的精靈也沒關係，都能夠通過姊姊大人的次元境界。」

「！……妳、妳是為了我才做那些事的嗎？」

聽見滿臉通紅的胡桃含糊忸怩地這麼問，萬理亞笑咪咪地回答：

「並不是。我只是夢魔本能發作得憋不住，拿妳發洩性慾而已。」

「妳、妳白痴嗎！憑什麼要我幫妳處理性慾啊！」

「胡、胡桃妳冷靜點。要是隨萬理亞起舞，很容易中她的陷阱喔。」

「！……姊姊～」

被澪警告的胡桃一頭栽進柚希懷裡，柚希跟著摸頭安撫她。

柚希那傢伙居然露出這麼滿足的表情……好刺眼的姊性光輝啊。

「…………………」

露綺亞默默注視著這一切，眉頭也不皺一下。即使只是站著——如此一個極其自然的行為，也沒露出一絲破綻或苟且，同時還若無其事地維持次元境界。看她外表與成體化的萬理亞差不多，說不定是個S級的高手。

「………什麼事？」

刃更見到露綺亞察覺他的視線，說聲「沒事」就轉向澪她們。

而她們也似乎看出了這個動作的意思，表情正經起來，不再吵鬧。

東城刃更便對她們四人輕聲說道：

「——走囉。」

澪幾個跟著點點頭——一行人就這麼走進次元境界之中。

2

周圍頓時籠罩深淵般的黑暗，並有種忽然失去重力的感覺。

彷彿來到太空一樣。

——但是，這感覺極為短暫。

下個瞬間——刃更等人已經站在陌生的森林裡，四周瀰漫著淡淡的甘甜草香；隨著風撫過林梢，錯落在地面上的陽光也不停變化。

第 1 章
與你在魔界的種種

看來真的和萬理亞說的一樣，和日本有時差。

「這裡是——」

「——奧朵拉森林。」

露綺亞轉過頭來，回答刃更的疑惑。這時——

「奧朵拉森林……就是這裡？」

胡桃不禁縮身問道，讓澪也嚇了一跳。

「妳知道啊？」

「是啊。我們雖然對魔界地理知道得很有限——不過大家都知道奧朵拉森林。」

刃更幾個的魔界知識，都是來自參加過前次大戰的長輩。當時穩健派掌控魔界大半，後來因威爾貝特去世而急速失勢，落得現在的局面。與十五年前戰爭時相比，勢力版圖一定變了很多，但穩健派應該不曾占有這片森林，畢竟——

「——因為這是最接近魔王威爾貝特的城堡的森林。」

也堪稱是較為適合應穩健派之邀來到魔界的刃更等人著陸的地方。可是——

「露綺亞姊姊大人——為什麼不直接把空間連到維爾達城裡呢？」

萬理亞卻皺著眉這麼問。萬理亞所說的名詞和奧朵拉森林一樣，刃更幾個以前也常聽人提起。那是威爾貝特從前坐鎮的魔王城。

的確，自己是受到穩健派現任首領拉姆薩斯等高階魔族的招待，一般而言正如萬理亞所說，應該直接送進他們的城裡比較省事。

「我是基於危機管理的觀點，判斷應該盡量避免城內外空間的直接聯繫，以防遭到第三者利用，誤使敵人入侵。」

「話是這樣說沒錯，可是現任魔王派也想要澪大人的命啊——」

「這點我當然清楚，所以才選擇這座森林。這裡離城不遠、從外部不容易看見、與其他次元連結空間也難以被附近察覺。」

露綺亞表情絲毫不改地對仍有怨言的萬理亞這麼說後——

「再走一小段，就會有馬車接我們進城了——請跟我來。」

就逕自向森林另一頭走去。

「對不起喔，大家……」

萬理亞過意不去地垂下眼睛，刃更往她肩上一拍，說：

「何必說得像自己的錯一樣呢……我們也快走吧。」

「……好。」

萬理亞點點頭後，刃更幾個也跟上露綺亞的腳步。

這裡別說鋪石，就連裸露的路徑也沒有，一行人直接在草地上慢慢地走。不一會兒——

第1章 與你在魔界的種種

「嗯……一開始聽到魔界，我還以為會是個陰暗又恐怖的地方，結果真的和萬理亞說的一樣，感覺跟我們的世界沒什麼不同耶，還有太陽……不知道植物種類有差多少，這麼多數目讓森林裡的空氣好新鮮，感覺跟鄉下深山好像喔。」

澪對眼前的森林自然景觀直述感想。由於是初訪魔界，刃更幾個便事先向萬理亞討教，對自然文化等已有一定程度的知識和資訊；但親眼見到與自己想像中不同的風景，感覺還是很新鮮。只是——

「什麼空氣新鮮……真好，妳都不怕。」

「什麼意思啊，胡桃？」

後頭胡桃的感嘆，讓澪回過頭問。

「妳有魔族血統，可能沒感覺吧……森林的自然景觀是很漂亮沒錯啦，可是這裡的魔素濃得嚇死人了。魔性波動強成這樣，實在讓人很有來到魔界的感覺。」

聽胡桃神情緊繃地這麼說，澪相當驚訝。

「咦……真的嗎，刃更？」

「是啊，這裡的魔素應該是很強吧。還記得佐基爾那個宅子吧？大概跟那裡差不多。」

這麼濃的魔素或許會使普通人免疫力降低，但刃更幾個受過勇者一族的訓練，對魔性波動的抵抗力較強，並不會造成那麼嚴重的問題。但人界出現高濃度魔素的地方，大多等於有相應實力的魔族或邪精靈潛伏其中，實在讓人無法安心。

「真的嗎……這麼自然的地方也會喔？」

刃更對難以置信地呢喃的澪做個苦笑，接著視線轉向另一邊。

「……柚希妳還好吧。」

「嗯，我沒事。」

刃更身旁的柚希點個頭回答，表情確實感受不到壓力。

……因為她是「咲耶」的使用者吧。

簡言之，就是靈刀能隨時淨化她的身體，就連主從契約的魔性波動也必然會減弱；這對勇者一族當然是有幫助，不過置身於魔界又是另一個問題了。如同「咲耶」在佐基爾的宅邸裡無法發揮原有力量那樣，這裡受魔素影響最大的，非柚希莫屬。

刃更雖看不出她身體有何異狀，但魔素在柚希習慣前仍會造成不小的負擔，出現任何影響都不奇怪。

「柚希啊——」

刃更原想幫提著兩個行李箱的柚希分擔一個，卻把話吞了回去。

柚希應該很清楚，在魔界受魔素影響最大的就是她自己。

而她依然決定與刃更幾個同行。因此過度的操心，對她反而是種輕蔑。

第1章 與你在魔界的種種

「怎麼了，刃更？」

反問的柚希，呼吸稍稍快了一點。

「沒什麼，妳沒事就好——走吧。」

聽刃更表示信賴而非擔憂，讓柚希表情有些訝異。

「……嗯。」

並開心地微微笑著。

就這樣——大夥跟著露綺亞走了一陣子，見到林中一處較為開闊的地方有輛古典裝飾的木製附窗馬車正等著他們，大得能輕鬆坐進十人以上，前頭有匹繫上馬具的黑馬。只是——

「魔、魔界的馬好大喔……」

澪抬著頭說。人界也有農耕用的重型馬等高大馬匹，但簡直小巫見大巫，因為這匹馬光是體高就至少三公尺，而且身形並不令人感到笨重，精壯得像純種賽馬。

「不，是這匹馬特別不同。這麼大的馬在魔界也很稀有。」

露綺亞在站那匹釋放驚人壓迫感的巨馬旁回答。

接著，兩名侍女出現在馬車後頭，多半是露綺亞的部下。她們打開馬車門後走近，恭敬地說：

「各位請上車，行李交給我們就好。」

並將刃更幾個的行李搬上馬車尾端的貨架。這時——

「啊，這個不用，我自己拿。」「我也是，這個麻煩妳們就好。」

胡桃和柚希給出裝衣服雜物的行李箱，留下了另一個。那裡頭都是輔助道具，自然是隨身攜帶的好。

隨後一行人接連上車，在兩側相對的座椅坐下，最後才是露綺亞，接著一位侍女將門關上。

露綺亞確定女僕們坐上馬伕席、握起韁繩後輕聲說道：

「——各位，要出發了。」

同時，載著刃更幾個的馬車緩緩前進。

離開森林開闊處不久，馬車駛上乾土路面，速度開始加快。

刃更看了一會兒刷過窗外的景色，問：

「請問……到維爾達城，大概需要多久？」

「——以各位世界的單位來說，約是一小時左右。」

坐在最邊緣的露綺亞連刃更也沒看地回答。

由於之後必須讓她照顧一段時日，刃更是很想盡量和她拉近關係……但她態度這麼冷淡，每個人都不禁猶豫是否該再開口。

第1章
與你在魔界的種種

「…………………………………………………………」

苦悶的沉默接踵而來。車裡聽得見的，就只有馬蹄和車輪滾過地面的聲音。

「……………啊，各位，請看右手邊！」

忽然間，萬理亞像是想化解這份尷尬似的出聲。當大家都跟著聲音轉頭時——馬車跑出森林，來到視野廣闊的山丘上；遍布在右側窗口下方的，是大大小小的建築物所組成的巨大都市全貌。

城市周邊，圍著一道看似直接削鑿岩壁而成的外牆。

「哇……」

實在是非常壯觀的畫面。那大概就是從前魔族的王都——維爾達。

「所以市區頂端那個城堡就是維爾達城囉？」

「是的。那是澪大人的父親，威爾貝特陛下從前治理的城堡，現在的城主是威爾貝特陛下的兄長拉姆薩斯大人。」

「…………」

聽了萬理亞的說明，默默眺望窗外景色的澪輕握住刃更的手，刃更也回握那微冷、發顫的手。

在窗外景色依然不停流逝之中，逐漸接近位在遠方的城堡。

3

刃更等人搭乘的馬車繞過大半外牆，抵達城堡後門。

澪是穩健派精神領袖威爾貝特的獨生女，而刃更幾個是勇者一族。

倘若隨便穿過市區被民眾認出來，說不定會造成大騷動。繞過市區直接進入城堡，應該是妥善的選擇。

渡過放下的升降橋後，馬車通過了城牆就停下。

隨後車門由外打開，露綺亞首先下車——接著是刃更一行人。車外有四名應是來接風的侍女等著他們，露綺亞走到仕女們面前後轉身——

「澪大人、各位貴賓——歡迎蒞臨維爾達城。」

正式歡迎似的鄭重行禮，輕聲說出迎賓詞，其他仕女也跟著鞠躬。現在主賓是澪，刃更幾個頂多只是隨行，所以——

「呃……我是成瀨澪，這幾天要麻煩各位了。」

原本待在同行者之中的澪往前跨出一步，不知該如何回答，姑且先深深鞠個躬這麼說。

第1章
與你在魔界的種種

「…………那麼，請往這邊走。」

露綺亞一這麼說，在她背後待命的侍女們立刻行禮並經過刃更幾個身邊，跑向馬車。應該是去提行李的吧。

將衣物行李交給她們後，刃更幾個便在露綺亞的帶領下進城。儘管走的是後玄關，也有著相當程度的挑高，裝潢也十分豪華。

走廊上的擺設和照明無不經過精雕細琢，向第一次見到的人展現其充滿故事的歷史風格。當然，全都是一塵不染。

……不愧是穩健派精神領袖威爾貝特的城堡呢。

王城是展現國威的指標之一。即使威爾貝特死後穩健派勢力急速下墜，從馬車上看來，市區裡依然朝氣蓬勃；那多半是因為在民眾眼中，象徵穩健派的這座城堡依然保持威爾貝特生前樣貌的緣故吧。

刃更一行人跟隨露綺亞穿過氣氛莊嚴的走廊，再拐幾個彎——來到位於走廊底端的房間門前。

「這裡是澪大人來訪期間下榻的房間，刃更先生的男性房間另在別處，待會兒會有人為各位帶路。」

露綺亞說完就開了門，門後的光景使刃更幾個一時說不出話。

並不是因為驚豔——事實正好相反。一路上見到的高闊空間和高級家具等擺設所營造的豪華印象，在這房間裡完全見不到：只看得見樸素的床鋪、沙發、桌椅等最底限的必需品。進房之後，發現日照也差，相當陰暗。見到這樣的房間——

「……從路上的擺設和經過的房間裝潢來看，這裡根本不是客房，只是平常堆放多餘家具的倉庫吧。我們是無所謂，可是這真的是要給前任魔王的獨生女住的房間嗎？」

胡桃冷眼問道。

「是拉姆薩斯大人要各位使用這邊的房間的。」

露綺亞毫不在乎胡桃的視線，淡然回答。

……原來如此，來這一套啊。

刃更曾從瀧川那裡聽說拉姆薩斯對澪沒什麼善意。王族手足之間為奪權而彼此仇視，在從前的人界也相當常見——看樣子，所謂姪女和伯父的感人重逢是不必期待了。

「………………」

澪黯然垂眼，眼中免不了浮現濃濃憂愁。她原本寄望來到魔界，能從自己沒見過的家人親戚感受一點親情的溫暖或血緣的羈絆，現在卻遭到如此露骨的冷遇。

……既然這樣。

也不必久留了。刃更對送來行李的侍女們道謝後轉向露綺亞——

「我知道了……既然是這樣，我們就隨遇而安吧。現在，可以請妳帶我們和拉姆薩斯大人見個面嗎，我們也有自己的生活行程，希望能儘快回去。」

刻意以嚴肅的聲音這麼說。只見露綺亞搖搖頭回答：

「很抱歉，拉姆薩斯大人目前正好外出辦理公務，不在城裡，煩請各位等到明天再行會面。」

「不在？找我們過來的不是他自己嗎？」

柚希皺起眉頭問道。

「是的。若是日前我到訪府上那時，拉姆薩斯大人的行程是沒有任何問題的。可是，正如同各位有自己的行程，我們也有各式各樣的事務。尤其是現在，我們穩健派和雷歐哈特率領的現任魔王派正處於戰爭時期。」

露綺亞接著說：

「拉姆薩斯大人擔任穩健派首領，平日公務繁忙，今天不巧有椿絕不能缺席的要事必須處理。我們配合各位的行程等了一個多月，各位難道連一天也等不了嗎？」

「…………………」

既然都這麼說了，刃更幾個也無話反駁。

「……那為什麼不明天再叫我們來啊？」

到最後，胡桃也只能小聲地埋怨一句。

「很高興能得到各位的理解。那麼——」

當露綺亞忽視胡桃這麼說時，有個人敲門進房。

「……各位客人請用茶。」

那是個擁有褐色肌膚的美麗侍女。這個推著盛裝茶具的金屬推車慢慢接近的女孩，刃更幾個都認識。

所以，東城刃更忍不住叫出她的名字。

「潔絲特……！」

「您好。」潔絲特對刃更的叫喚點點頭說：

「好久不見了，東城刃更——不，刃更先生。」

見到這樣的潔絲特，胡桃湊到柚希耳邊問：

「……她就是那個潔絲特？」「對，以前是佐基爾的屬下。」

柚希點頭回答不曾和潔絲特打過照面的胡桃。

「妳看起來不錯嘛……真是太好了。」

「是的。承蒙您關心，潔絲特感激不盡。」

潔絲特對刃更的安心所顯露的表情，讓刃更稍感訝異。

因為潔絲特淡淡地微笑了。第一次見到她的笑容──

……她已經笑得出來了呢。

刃更不禁有所感慨。打倒佐基爾後──東城家暫時收留潔絲特，直到答應安置她的穩健派魔族派使者接她回魔界。當時她被主人佐基爾當成累贅又差點死在他手下，表情總是冰冷無機。儘管是以證人身分受到保護，要將原是現任魔王派的潔絲特交給穩健派處理，難免有所不安；所以考慮到潔絲特具有一定實力，假如有個萬一也許有能力逃出魔界，刃更在她離開前告訴她隨時可以回來。這趟路上，澪和刃更幾個被帶到這房間時，還擔心潔絲特會不會遭到虐待──看來完全是多慮了，實在是再好也不過。只是──

「…………！」

東城刃更的視線意外被潔絲特另一個變化奪走，吞了吞口水。

──在刃更的認知中，潔絲特已經是個身材極為姣好的女性。

可是在打垮佐基爾後，將潔絲特寄託給穩健派至今，也才短短兩個月，潔絲特的胸圍卻比過去升了好幾級。不只是刃更，這巨大的改變帶給澪和柚希的衝擊也更勝於這場意外的重逢，使她們難以置信地注視著她。

「…………啊。」

潔絲特像是注意到他們的視線，害羞地紅著臉輕輕扭身。

光是這樣，那份量驚人的胸部就煽情地左搖右晃。

「抱、抱歉……！」

刃更急忙撇開眼睛，潔絲特搖搖頭說聲「沒關係」。

「會驚訝是當然的……就連我也沒想到自己的身體會變成這樣。聽醫生說——這樣的變化是從過去的壓抑狀態獲得解放所引起的，不是生病之類的壞事，不必擔心。」

「……——這樣啊。」

聽了潔絲特那麼說，刃更低聲回答。

從佐基爾手中重獲自由的，並不只是萬理亞和雪菈，潔絲特也逃脫了惡主的掌控。既然是因為這樣的結果，與其說「變化」，倒不如說是恢復了原來該有的樣貌。

這時——

「潔絲特會負責刃更先生來訪期間的生活起居，有任何需要請直接向她吩咐，不必客氣。潔絲特——晚點就由妳帶刃更先生到他的房間去。」

「——遵命，露綺亞大人。」

見到潔絲特行禮領命，露綺亞說聲「好」，繼續說：

「各位一路下來，想必多少有些疲倦。距離晚餐還有一段時間，請各位留在這房間稍作休息，餐點備妥後會再行通知。告辭了。」

露綺亞行個禮就轉身離去——但在門前又轉過身來說：

「瑪莉亞——喝完潔絲特的茶以後，記得到我房間，對妳在那邊的所有行動做一份詳實的報告。」

「…………好，我知道了，露綺亞姊姊大人。」

等萬理亞輕輕點頭，露綺亞才真正離開房間。

在晚飯前留在這裡休息，其實就是別離開這房間的意思。

由於抱怨也沒用，刃更幾個邊姑且喝起潔絲特為他們泡的茶。在圍著房中央大桌的沙發坐下後，潔絲特將茶具擺到每個人面前，提起白瓷茶壺接連倒茶，刃更便立刻喝一口嚐嚐。

「咦……香氣和味道都和我們平常喝的紅茶很像嘛。」

「魔界是有完全不一樣的茶，考慮到各位是第一次來，我就盡量挑選最接近人界味道的茶種了……還合各位的胃口嗎？」

「是啊，很好喝……謝謝妳，潔絲特。」

「……這樣啊，太好了。」

潔絲特開心地微微笑。

「你們氣氛不錯嘛……茶都還沒喝，我人怎麼先熱起來啦？」

在一旁看著刃更和潔絲特對話的澪帶刺地說。

「抱歉……我沒那個意思……」

潔絲特表情沉痛地道歉，為澪的茶杯倒茶。

之後——房裡氣氛變得有點緊繃。澪深信是親生父母的養父母，不幸遭到高階魔族佐基爾的殘殺——而潔絲特是他的屬下。

當然，潔絲特只是服從主人佐基爾的命令，與澪的養父母之死毫無關聯；但感情不是能這樣就輕易劃分清楚的，刃更也是為了這點才將潔絲特交託給穩健派。假如要澪放棄親手殺死弒親仇人佐基爾，又緊接著要她和仇人的下屬潔絲特同居，對澪實在過於殘酷。因為這些緣故，潔絲特暫時留置在東城家時，澪幾乎沒對她說過話，刃更也由澪去了。

然而——當潔絲特倒完茶後退一步後，澪邊拿起茶杯邊說：

「真是的……還怕妳在這邊被人虐待呢，真是白擔心了。」

這句帶了聲「哼」的話，讓在場所有人都相當驚訝。

潔絲特更是完全僵住。不過，這也是難免的吧。

「咦——怎、怎樣……？」

澪發現視線集中在她身上，疑惑地皺起眉頭。多半澪自己也沒發現——她剛說的話具有怎樣的意義。

不知一句不經意的嘟噥，能卸下潔絲特多少的重負。

這樣的澪看在刃更眼裡是那麼地可愛，不禁伸手輕摸她的頭。

「喂，你幹麼啊，刃更——為什麼突然這樣？」

「沒有啦，不為什麼。只是突然很想對妳這樣做而已。」

刃更笑著對即使困惑也沒撥開手的澪說。

柚希、萬理亞和胡桃都微微苦笑，潔絲特則是默默地噙著淚水。緊繃的氣氛已經消失不見，陰暗的房內只有滿滿的溫暖。

4

大家就這麼一面品嚐潔絲特的茶，一面討論未來該如何應變。

很遺憾，自己明顯不受歡迎，所以全員一致同意，應該儘快談完要事返回人界。不過澪在這個當下仍難以判斷該不該交出威爾貝特的力量，只知道自己必須做出不會後悔的決定。

話雖如此，穩健派中有部分像拉姆薩斯這樣希望澪交出威爾貝特的力量，也有部分希望澪成為新魔王；儘管澪自己說什麼都不想當魔王，也得仔細聽過雙方的意見，才能做出最合適的判斷。無奈現在拉姆薩斯不在城中，只好等他明天回來再請他說明穩健派雙方的考量。討論告一段落後——

「露綺亞說的報告……是指妳被佐基爾威脅時的事嗎？」

刃更心血來潮地向萬理亞問起之前好奇的事。

「對……即使是因為媽媽被抓去作人質，我的所作所為，並不會因此完全免責。」

萬理亞對刃更的問題露出自嘲的笑容。

「話說回來，想不到會有比我姊姊更冷漠的冷血女耶，你們姊妹怎麼完全不像啊……」

「……胡桃，妳這話是什麼意思。姊姊不會生氣，妳說說看。」

胡桃的話讓柚希每個字都充滿壓迫感，愈逼愈近。

「不、不是啦！哎喲，我想說的就只是，姊姊的冷漠不會讓人不舒服，可是露綺亞那個女人就滿讓人不舒服的——」

就在胡桃慌忙解釋時——

「就是說啊……真的很對不起喔。」

房裡忽然出現一道嘆息交摻的聲音。

「————？」

東城刃更同時感到大腿上多了點重量。低頭一看，有個幼小的夢魔不知何時端坐在他腿上。見到那個比萬理亞小了一圈有餘的少女——

「啊——！」

澪幾個也都注意到那個幼小夢魔的存在而抽了口氣，接著——

「媽、媽媽？」

在萬理亞驚愕地大叫後，幼小的夢魔——雪菈露出賊笑說：

「哎呀呀，瑪莉亞妳怎麼這樣尖叫呢，見到心愛的媽媽這麼高興呀？」

「哪有……我只是看到妳突然從那裡跑出來，嚇了一跳而已。」

但雪菈無視萬理亞的吐槽，在刃更腿上抬高頭看著刃更說：

「對不起喔，刃更弟弟……阿姨也要向澪妹妹跟各位道歉，我們家露綺亞好像對各位不太禮貌呢。」

蘿莉夢魔媽說完呵呵笑了兩聲。

「沒、沒有啦……好久不見了，雪菈小姐。妳精神還是很好嘛。」

刃更第一次見到雪菈，是在他趕到以為母親遭佐基爾殺害而陷入絕望的萬理亞身邊那

第①章
與你在魔界的種種

時。大概是知道氣氛實在不適合開玩笑吧，雪菈道歉的語氣相當穩重——但她的個性可是比萬理亞活潑豪放得多了。在穩健派的使者來之前，雪菈和潔絲特都寄宿在東城家，那幾天就鬧得雞飛狗跳，差點被她玩死——是真的累死人那種。

……可是話說回來。

刃更雖為重逢寒暄了兩句，心裡卻有些緊張，因為在雪菈出聲之前，他都完全沒發現腿上坐了個人，更別說是進房了。當然，喝杯茶會讓人稍微放鬆，但絕不至於到卸下防備的程度。看來能生出萬理亞和露綺亞的，果然不是泛泛之輩。

當眾人為雪菈的深不可測心裡發毛、說不出話時——

「真是的，冷淡成那樣到底是遺傳到誰呀……」

雪菈一手捧著臉頰嘆氣說：

「露綺亞原本就是個做事認真、責任感強的人沒錯啦……可是當上拉姆薩斯的副官以後更是變本加厲了呢～」

從她極其平常似的用詞裡，可以窺見雪菈在穩健派內的地位在哪個層次。

畢竟她對前任魔王威爾貝特的兄長、現在的首領拉姆薩斯不加尊稱，還稱呼威爾貝特的獨生女澪「妹妹」。穩健派的使者原本堅持要帶曾幫助佐基爾的萬理亞回魔界，卻因為雪菈笑了一下就不再多說，恐怕也是因為如此。

「她是很細心能幹沒錯啦……可是那種個性實在是啊～露綺亞底下的侍女身心負擔恐怕是特別重喔。」

「這樣啊……那侍女資歷淺的潔絲特大概更辛苦了吧。」

聽了雪菈的話，刃更對候在牆邊的潔絲特表示關心，結果——

「……不會，因為我在這邊不是露綺亞大人的部下。」

「是喔？那剛才她叫你照顧我是……」

「露綺亞大人只是重複我預先分配到的工作而已。」

「？那是誰命令妳照顧我——」

在刃更為潔絲特的回答再度提問時——

「哎呦，那當然是我呀，刃更弟弟真是的。」

答覆卻不是來自潔絲特，而是大腿上。

「所以雪菈小姐才是潔絲特的……？」

「對呀～我覺得不要讓之前是佐基爾屬下的人，一來就直接到露綺亞底下做事比較好嘛。當然，露綺亞是不會因為她的出身就差別待遇……不過要她底下的小妹妹像她那麼公私分明就有點過分了；不用說，要潔絲特妹妹融入她們也是一樣。所以最好的方法，就是讓我這個知道發生什麼事的人來照顧她囉。」

背後的潔絲特也垂下雙眼，說：

「我實在不知道該怎麼感謝雪菈大人才好……在傭人的工作上，我還有很多不周到的地方；幸虧是跟著雪菈大人，我才能順利做到現在。」

「啊～不用放在心上啦。關於妳和佐基爾的事，我自己也有值得反省的地方。」

「這樣啊……」

東城刃更表示領會。原本以為潔絲特是在露綺亞底下做事還能笑得像剛才那樣，讓他訝異不已——結果是自己誤會了。潔絲特笑得出來，是因為雪菈因自身考量而收她為屬下。所以——

「……真的很謝謝妳，雪菈小姐。」

刃更向坐在他腿上的雪菈低頭道謝。雪菈的確是明白潔絲特在那場事件中的立場，但那也是成為佐基爾的人質後的事。一般而言，她是沒有責任照顧佐基爾的屬下，然而——

「沒什麼啦，因為平常你們照顧瑪莉亞那麼多，還因為我的事跟佐基爾拚命……就當是贖罪囉。」

雪菈苦笑著說。這時，萬理亞將茶一口喝光——

「——那現在，該換我去贖罪了吧。」

並語氣鎮定地這麼說之後，從沙發站了起來。

「沒問題嗎，要不要我陪妳去？」

「不用了，澪大人。這件事必須由我自己做個交代……我要把自己做過的事全部說清楚，讓露綺亞姊姊大人臭罵一頓。」

萬理亞對為她擔憂的澪搖搖頭——

「各位請繼續休息——我去去就來。」

並拿出笑容這麼說之後，踏著沉穩的步伐離開房間。

5

成瀨萬理亞離開房間後低頭輕嘆一聲，然後——

「————」

卸下笑容，表情就此定住不動。

接著慢慢邁步，走向姊姊露綺亞的辦公室。

寬廣的維爾達城內——萬理亞就這麼獨自穿過走廊。

——途中不知經過多少執事或侍女，但她不曾和他們交談。

因為一路走來，她的視線都盯著地面。

……沒問題吧。

萬理亞不是擔心自己——而是刃更和澪幾個。在主從契約的幫助下，刃更、澪和柚希的戰鬥力經過了數次強化，還多了胡桃一份力量，來到這裡後也有潔絲特加入。

與只能藉暫時化為成體提昇戰力的萬理亞相比，潔絲特平時就擁有高階魔族層級的力量，而且和只擅長家事的自己不同，受過侍女訓練的她，在生活上一定也能給刃更他們同等的協助。

……沒問題的。

低著頭一步步走著的成瀨萬理亞對心中的確信淺淺一笑。

不久——她停了下來。抬起頭，眼前是一扇房門。

「…………………」

萬理亞握緊右拳，敲了兩次門，說：

「——露綺亞姊姊大人，瑪莉亞來了。」

門後跟著傳出輕細……但清晰的聲音——

『……可以了嗎？』

對萬理亞投以簡短的問題。於是萬理亞點點頭回答：

「可以了……這樣就夠了，謝謝妳給我這些時間。」

幾秒後——

『是嗎——那就進來吧。』

令人不寒而慄的冰冷聲音傳來——同時厚重的木門自行敞開。

6

威爾貝特過世後，新魔王雷歐哈特的登基造就了一股新勢力。

那便是激進派和保守派融合而成的現任魔王派。

然而——這現任魔王派的最高決策權，並不只是握在雷歐哈特手裡。

因為還有些年歲難以記數的高階魔族的存在。

樞機院，這個推舉雷歐哈特為新魔王的組織，設有以七宗罪——亦即「傲慢」、「嫉妒」、「暴怒」、「懶惰」、「貪婪」、「貪食」、「色慾」為象徵的七個席次。現在——

「——真是萬萬沒想到，佐基爾侯爵居然會就這樣死了啊。」

「就是啊。一想到再也去不了他的遊樂場，心裡就不免遺憾啊。」

第1章
與你在魔界的種種

「這有什麼問題……能開遊樂場的又不是只有他一個，讓別人接手不就好了嗎？如果讓那裡的宴會和女人就這麼沒了，也未免太可惜了點。」

這些魔族，正位於現任魔王派的王城內——地下最底層，只有極少數人知道的高階閣揆會議室裡。他們坐在房中央的圓桌邊，在即將開始的會議前你一言我一語地聊，話題圍繞在——曾經坐在「色慾」席位上的佐基爾的死。

「話說回來，怎麼偏偏死在停職查看的時候啊……他停職是因為想對威爾貝特的獨生女下手，該不會是遭到報應了吧。」

「你是說被威爾貝特詛咒了嗎？別鬧了……我看，他八成是成天和他那些傑作大玩特玩，把自己給搞死了吧。」

「有道理。」當眾人如此低笑時——

「…………………」

有個人閉著眼，始終沉默不語。那個坐在另設於七宗罪外的第八席次的年輕魔族——眉宇精悍的青年，就是現任魔王雷歐哈特。

他耳裡聽著樞機院議員對佐基爾的死聊個沒完——

……一群色慾薰心的老賊。

心裡則是冷冷地以為不齒。不直接說出心裡話，即是有他不能這麼做的原因。

——現在，樞機院擁有等同於魔王雷歐哈特或更高的權力。

表面上的說詞，是為了防止過度集權。樞機院不僅是魔王的諮詢機關，若認定雷歐哈特在行使權力上過於失控，也能起到拔除魔王地位的保險效果。但是——事實上並非如此。

雷歐哈特在前次大戰上確實戰功卓越，但能夠獲選為新魔王純粹是因為他對樞機院而言，是最好用的工具。

一方面，推舉年輕的雷歐哈特成為魔王，能向軍民展現政治核心的年輕化，吸引更多支持；另一方面，他們容易對自己推舉出來的雷歐哈特發揮政治影響力。儘管單一議員的權力或戰力都低於雷歐哈特，然而假使雷歐哈特反對樞機院的全體決定，他們就能當場將他拽下魔王寶座。

所以事實上政治核心並沒有年輕化，反而更退回到威爾貝特在位之前那樣樞機院獨大的政治體系。只是就現狀而言，雷歐哈特要保住魔王的位子，就必須任憑樞機院利用。

但那頂多是就現狀而言罷了。

……給我等著吧。

魔王雷歐哈特輕輕睜眼，充滿敵意地注視那些個樞機院議員，並暗自立誓。

……我一定要親手消滅你們這些魔界的吸血蟲，一隻也不留。

雷歐哈特不會永遠甘於扮演樞機院的傀儡。想在魔界創造新秩序，平定長期抵抗的穩健派或其他勢力固然重要——但最關鍵的，是在於剷除眼前這些老害蟲。當然，在魔界已生存漫長歲月的他們，影響力難以估計；若處理失當，自己可能一轉眼就陷入死地，然而雷歐哈特的決心並不因此動搖。所以——

……首先。

雷歐哈特看向圓桌空席，但不是佐基爾的「色慾」。含雷歐哈特的八張席位中，只坐了六張。

沒錯——還有一個尚未到場。

——就在這時，高階闍揆會議室的厚重門扉忽然緩緩敞開，接著——

「各位抱歉啊，我來晚了……」

一名高階魔族伴隨低沉聲音進入會議室，踏著悠然腳步坐上七宗罪中最高位的座椅。

那是統管樞機院的議長——貝爾費格大公。

「怎麼啦，貝爾費格大人？今天來得特別晚呢。」

一名樞機院議員對遠遲於原訂時刻才現身的貝爾費格問道。

「嗯……我在處理佐基爾的事，不小心耽擱了。」

貝爾費格面帶深沉笑容回答。

「之前不是決定好在選出他的繼任者前，暫時由我身兼『色慾』的席次嗎？我對他的研究和財產沒什麼興趣……不過那個遊樂場就另當別論了，沒了怪可惜的。所以我想，以後就由我來接管那個地方算了。」

這句話讓另一名議員樂得笑了起來。

「喔喔……那真是太好了。交給貝爾費格大人絕對妥當，以後不怕找不到地方玩啦。」

象徵懶惰的貝爾費格是魔界現存最長壽的魔族，同時也是出了名的好色，甚至高過佐基爾。據說他城裡後宮的女人，有四位數之多。

不過，樞機院議長自然不會是泛泛之輩，貝爾費格也是站在現任魔王派高階魔族頂點的人物，本身就是上古時代的象徵。

「讓陛下等我這把老骨頭還真是對不起啊……我最近正忙著把那邊的女人一個個都重新調教成我的東西，時間不好掌控啊。」

聽了貝爾費格臉不紅氣不喘地這麼說——

「……有活力是好事，貝爾費格。」

雷歐哈特語氣沉著地回答。比起繼承威爾貝特力量的成瀨澪或穩健派首領拉姆薩斯，雷歐哈特更想要除掉貝爾費格，因此絕不能讓他發現心中的殺意。

隨後，貝爾費格提以「那麼各位」，宣布道：

「我們就開始今天的會議吧——首先是關於沉睡在日前西域挖出的遺跡中，那些英靈的保存狀態。」

7

在充斥沉重寂靜的空間中，有對彼此對視的夢魔姊妹。

成瀨萬理亞和姊姊露綺亞。

萬理亞來到露綺亞的辦公室，報告自己遭受佐基爾脅迫，考慮到最後決定協助他的一切經過。

雖然成功將養父母遭到殺害的澪救出佐基爾的魔掌，母親雪菈卻旋即成為人質，用以脅迫她的幫助。萬理亞起初也拚命遵從姊姊的命令，無視佐基爾的威脅，以護衛澪為優先；結果不小心踏錯一步就愈陷愈深，對佐基爾唯命是從——欺瞞澪和刃更等人，更將他們推入危險之中。萬理亞就這麼告解似的，一一報告自己犯下的罪行。

而現在——房裡的沉重寂靜，是結束報告的萬理亞，等待露綺亞說話所造成的。在令人屏息的沉默中，萬理亞垂著眼一動也不動，最後——

「——全部就是這樣嗎？」

露綺亞吐出的，是冰冷至極的聲音。接著——

「瑪莉亞……我很清楚妳對母親大人的愛，我並不會為這件事責怪妳。妳得知母親大人成為人質時的心情，以及妳最後採取的一連串行為，我並不是完全無法理解。」

「…………我懂。」

萬理亞輕輕頷首。

「辛苦妳了，瑪莉亞……妳一定很痛苦，心裡也經過一番天人交戰吧。妳是個善良的孩子，要背叛信賴自己的澪大人和刃更先生等人，幫助挾持母親大人的小人，相信心如刀割都無法比喻妳的痛苦。」

露綺亞接連吐出友善的字句——用的卻是不帶一點溫度、有如絕對零度的聲音。

所以，成瀨萬理亞一語不發地慢慢抬起視線。

「————」

與正前方的辦公桌另一邊——坐在椅子上的露綺亞四目相交。

姊姊的眼睛一如萬理亞想像，冰冷得幾乎要讓她結凍，而表情——更是比想像中的更有壓迫感，使萬理亞吞了口氣。

「可是——就算如此，當時妳該優先做的是貫徹自己的任務保護澪大人，而不是顧慮母親大人的安危，更不是反過來幫助佐基爾。只是——我想妳應該沒那麼愚昧才對，那是為什麼呢？」

露綺亞再問：

「假如妳是會犯這種錯的人，早在提名階段，我就會反對妳擔任澪大人的護衛，即使是拉姆薩斯的意思也一樣。可是，妳為什麼會傻到做出這種背叛親友的行為？」

「…………」

對於露綺亞的問題，萬理亞心中是有答案，但她說不出口，因為她仍不想相信那是事實——也不想用自己的嘴說出來。可是——

「告訴我，瑪莉亞——佐基爾究竟是怎麼蠱惑妳的？」

露綺亞卻更進一步地逼問。眼前這精明的姊姊，可不是沉默不語、撒謊搪塞就矇混得過去的人物。

……而且。

假如閉口不談，屆時不僅是萬理亞受罰，雪菈或露綺亞都可能被視為造成她犯錯的原因且沒有阻止她，而遭到追究——說什麼都不能讓這種事發生。

兩人都是萬理亞自豪的家人。萬理亞會犯錯，是因為她能力不足——責任絕不該由露綺亞或雪菈來扛。因此——

「…………他告訴我、一件事。」

最後萬理亞放棄抵抗般供出真相。

擠出聲音似的說：

「媽媽會失去力量、變成那個樣子——是因為生下我的關係。」

「————」

瑪莉亞以顫抖的聲音吐出的自白，使露綺亞稍微睜大眼睛。

……原來，是這麼回事……

露綺亞終於明白了。瑪莉亞心腸確實是很軟，但責任感更強。

所以即使狀況使她內心掙扎，也深信她絕不會做出幫助佐基爾那般最壞的抉擇。

……難怪。

在瑪莉亞看不見的桌子底下，露綺亞緊握右拳。

絲毫不動聲色地極力壓抑沸騰的怒氣。

——他告訴瑪莉亞的，是事實沒錯。

露綺亞和瑪莉亞的母親雪菈，是別稱淫魔的夢魔族中，第一個成為高階魔族、在魔界廣為人知的人物。過去雪菈力量非常強大，據說和譽為最強魔王的威爾貝特曾是對等的盟友關係。

然而——這樣的雪菈卻忽然在某一天，因為某個緣故失去了大半力量。

那就是產下瑪莉亞。牛下長女露綺亞時平安無事，卻在生下瑪莉亞的同時失去大半力量——甚至無法保持自己原有的體態，變成現在這副比瑪莉亞更為幼小的模樣。

可是——露綺亞等人一直都很小心，不讓瑪莉亞知道這件事。

一旦知道自己的出生使得心愛的母親失去力量和美貌，無疑會重創孩子的心。尤其雪菈身分特殊，後果會更為嚴重。

所以為了不希望瑪莉亞對自己的存在感到愧咎或受創，雪菈和露綺亞聯合周遭的每一個人，合力保護瑪莉亞——藉由掩藏真相的方式。

想完全隱瞞雪菈這樣的人失去力量是不可能的，但能夠切斷原因與瑪莉亞的關聯。因此，眾人謊稱雪菈失去力量是在懷上瑪莉亞之前，並全力隱瞞這個祕密。穩健派內與雪菈親近的人，有不少因為陪同她分娩等緣故而知道真相，且為她失去那壓倒性的力量感到惋惜。雪菈和露綺亞到處去請求這些人不要洩漏真相，甚至威爾貝特都答應幫忙說服周遭一起守密。在這麼多人的合作下，才免於讓瑪莉亞知道這殘酷的真相，平安無事地養大她。

……可是他竟敢……！

露綺亞氣得咬牙。雖不知現任魔王派的佐基爾，是從哪裡得知這個就連穩健派內也只有一小部分人知道的祕密——死了還貽害他人，簡直低劣至極。原本露綺亞是希望能親手了結他的性命，但從他逃出綁架澪的宅邸後追蹤到的靈子反應突然消失來看，應該是已經死了。

「…………」

當無處宣洩憤怒的露綺亞壓抑心中憎惡時——

「…………對不起，露綺亞姊姊大人……」

瑪莉亞似乎是將露綺亞的沉默視為對她的憤怒，低垂著頭說：

「姊姊大人最尊敬的以前的那個媽媽，就是被我奪走的吧。」

「這——」

聽瑪莉亞無力地這麼說，露綺亞心中湧現阻止她的想法。恐怕，瑪莉亞是以為露綺亞至今的嚴厲態度，是因為她害得雪菈失去力量。或許她認為那是自己的責任，才會一心想救出雪菈而踏上幫助佐基爾的歧途。可是——

……不是的。

露綺亞嚴厲對待瑪莉亞，是從她的立場成為穩健派現任首領拉姆薩斯的副官，責任不同於以往後開始的。不時必須嚴厲對待周遭、下冷酷判斷的人，當然不許偏袒自己人；在妹妹成為自己部下的情況下，更要堅守原則。

而且雪菈失去力量的責任絕不在瑪莉亞身上。雪菈是知道會發生那種事而決定生下孩子的，露綺亞也贊成母親的決定；而瑪莉亞也沒有辜負母親和露綺亞的決心，健健康康地出世了。

所以，露綺亞很想說聲「不對」、「不是那樣」。妳——名叫瑪莉亞的夢魔，是在眾人的祝福中出世的。

可是——露綺亞說不出口。

現在的自己不僅是瑪莉亞的姊姊，還是拉姆薩斯的副官。必須優先對犯錯的部下宣達處分，並儘快執行。因此——

「……我已經充分明白妳背叛的緣由了。」

露綺亞站起身，除卻身為家人——姊姊的感情，以拉姆薩斯副官的表情與語氣對眼前的部下淡然說道：

「但即使如此——妳的任務是護衛澪大人，無論有任何理由，只要流於私情而背叛護衛對象使其遭受危險，都是絕不允許的。」

露綺亞慢慢走向瑪莉亞，又說：

「對於妳犯的錯，拉姆薩斯大人已交給我全權處置——準備好了嗎？」

「……好了。」

瑪莉亞輕輕點頭答覆。

於是——露綺亞在右手具現出自己的武器。那是以魔獸貝希摩斯的皮革製成的特殊鞭子。站到瑪莉亞面前的露綺亞，以冰冷眼神注視著自己的妹妹，並緩緩揚起持鞭的右手——

「——能請妳網開一面嗎？」

側邊冷不防傳來制止露綺亞的聲音。

「！——刃更哥！」

瑪莉亞吃驚地轉向聲音來處，叫出不知何時背倚著右邊牆面的少年的名字。

「…………你是怎麼進來的？」

相較於一臉驚疑的瑪莉亞，露綺亞只是皺眉這麼問。

「剛才……雪菈小姐突然出現在妳帶我們去的房間。」

刃更開口解釋道：

「我問她是怎麼突然出現在我腿上，才知道她為了平常捉弄人——或是緊急情況讓城裡的人避難，在城裡到處做了魔法空間通道。所以我想妳的辦公室裡可能也有，才拜託雪菈小姐借我一用。因為萬理亞有點晚還沒回來，讓我很擔心。」

刃更看向露綺亞的眼神，有種不同於她的冰冷。

……原來如此，這就是……

根據過去的報告，露綺亞對東城刃更是怎樣的人類已有一定的了解。

這個前勇者一族的少年平時善良重感情，同時也有極為冷靜的一面。儘管遭到拉斯重傷，也仍能看清他的真面目，並暗中與他聯手。

爾後，他與拉斯合作騙過佐基爾，成功救出遭到綁架的澪和雪菈——甚至擊敗了佐基爾。露綺亞首度與他見面，是大約一個月前通知魔界有邀那時，今天帶他們來魔界則是第二次見面。由於露綺亞過去只見過刃更的表象，對報告中他的另一面多少有些存疑，如今看來果真不假。

……話說回來，母親大人也真是的。

看門關得好好地，讓露綺亞一時想不通刃更是如何進入，想不到是用了雪菈的空間通道。露綺亞是知道通道的存在，但沒發現自己的辦公室也沒躲過，讓她深深感到——自己依然遠不如母親。在心中嘆息後，露綺亞立刻轉換心情，注視刃更說：

「——可是，那個人不會這麼簡單就接受你的請求吧？」

「萬理亞會幫助佐基爾，是因為她一心想救出母親雪菈。所以，假如萬理亞會因為佐基爾這件事再被追究其他責任，我希望她能幫一點忙……我只是對她這麼說而已。」

刃更的想法是相當正當，但實在很難想像雪菈只因為這樣就接受刃更的請求。那類型的祕密通道，假如被製造者以外的人知道實際位置和用法，實用性就會大為降低。因為他人使用後很可能會洩漏這個祕密，使得真有需要時無法發揮效用。這點，雪菈不可能不明白。

看樣子──雪菈是非常看重刃更這個年輕人。露綺亞藏起心思，繼續說：

「……我明白了。難得那個人會表現出這麼疼女兒的樣子……不過我問你，你為什麼要這麼袒護瑪莉亞？儘管我再年輕，總歸是拉姆薩斯大人的副官，而你即使遭到放逐，也仍算是勇者一族──你知道你擅闖我的辦公室，無論受到何種處置也沒有立場抗辯嗎？」

露綺亞的警告使瑪莉亞臉色一青。

「！──請、請等一下！刃更哥是──」

「閉嘴，瑪莉亞──我正在和刃更先生說話。」

打斷瑪莉亞的反駁後，露綺亞轉過來面對刃更。

「……知道，我很明白可能的後果。」

聽了刃更的回答──

「……那你為何還執意這麼做？你不怕死嗎？」

露綺亞以這句話，暗示刃更這個舉動的代價就算是死也不足為奇。

「我當然怕死……可是，有些事不是因為怕死就該退讓的。的確，夢魔瑪莉亞是妳和雪菈小姐的家人，也是穩健派的一員，現在肩負護衛已故前任魔王的獨生女這麼一個重責大任。可是──」

刃更毫無動搖地說：

「我現在，把之前我對妳派來帶萬理亞回去的女魔族說過的話，再對妳說一次……這個叫做成瀨萬理亞的女孩，是我的家人；在這裡的，是我重要的妹妹，所以我不許任何人傷害她——就算妳是她的親姊姊也一樣。」

「——！」

這回答使得瑪莉亞輕輕一顫，接著——

「不僅是我，就連實際陷入危險和遭到牽連的柚希，都早就原諒她了。這件事沒有在我們之間造成任何芥蒂，萬理亞也已經十二分地懺悔過了——再說，只派萬理亞一個護衛澪的，不就是你們嗎？」

換口氣後，刃更對露綺亞厲聲說道：

「在處罰她怠忽職守之前，你們應該要先檢討自己該負哪些責任吧——難道不是嗎，露綺亞小姐？」

東城刃更心裡有三件事，非得在魔界解決、確認不可。

第一，是解決「澪」身上威爾貝特力量的去留問題。

第二，是確認交給穩健派的「潔絲特」的現況。

……第三……

是阻止「萬理亞」因佐基爾事件遭受處罰。

澪的問題與魔界政治及情勢關係甚鉅，自然不可能立即解決，但現在至少是確定了潔絲特目前處的情況還不錯——接下來就是萬理亞了。

為此——

……要在這裡讓對方同意免責。

露綺亞是拉姆薩斯的副官，只要她同意為萬理亞免責，穩健派的人就不會追究萬理亞的責任。對於刃更以近似宣言的言詞表示會保護萬理亞到底——

「…………原來如此。東城刃更，我明白你的意思了。」

露綺亞說出表示理解的話。

「『不許任何人傷害家人』這句話是很動聽沒錯，不過，你那是即使家人犯錯也會無條件原諒、忽視、縱容的意思嗎？」

「……只要知道她犯了錯，我當然會立刻糾正，有時也會警告或責罵。可是——」

刃更接著說：

「這兩件事的前提並不一樣。萬理亞會順從佐基爾，完全是為了拯救母親雪菈小姐才不得已——」

「——既然如此，她應該先對你我其中一方說明情況，尋求指示或幫助才對；但這孩子卻以私情為優先，擅自單獨行動，招來澪大人落入佐基爾手中的事態。雖然很幸運地，最後結果並不嚴重，但那也僅僅是結果並不嚴重而已。瑪莉亞想幫助母親的想法或許很值得同情，但她的所作所為並不會因此正當化——難道不是嗎？」

「這……！」

露綺亞所說的確實沒錯，使刃更一時啞口，無法反駁。

「而且刃更先生——你們並沒發現，自己犯了一個錯。」

「……我們？」

「是的。」露綺亞對反問的刃更點點頭說：

「佐基爾事件後——你們以『全都是為了拯救母親』這樣的好聽話當作免罪牌，不僅沒處罰她，就連罵也沒罵過，應該是以為這樣就能讓她的心得到解脫吧。然後，選擇繼續像以前一樣陪伴這孩子，和她一起生活。」

「……這樣到底哪裡有錯？」

「你還不懂嗎？你們——無視瑪莉亞背叛你們的罪惡感，要她繼續留在那個家，當作什麼都沒發生過；因為你們不責怪她——所以要她也不責怪自己；卻沒想過——瑪莉亞對你們的罪惡感可能根本沒有因此消失，還留在她心裡。」

「！——？」

聽了露綺亞的話，刃更赫然看向萬理亞。結果——

「…………」

萬理亞默默地垂著雙眼。那樣的表情，已告訴了刃更真相。

露綺亞再對無言以對的刃更說：

「……她心裡雖為能夠繼續待在你們身邊而高興，但天天相伴也會時時提醒她，自己背叛了自己如此重視的人；而且你們還以『沒什麼好在意的』這樣溫柔卻殘酷的話，間接逼她露出笑容，加深她的痛苦。瑪莉亞多半是將這樣的痛苦，當成了背叛你們所該受的處罰了吧；而這孩子露出的笑容，也一定讓你們看得很滿意吧——但從來沒想過笑容底下藏了怎樣的想法。」

露綺亞以挾帶輕蔑的冰冷語氣說：

「你們之間沒有芥蒂？真是笑死人了。澪大人和柚希小姐身上主從契約的詛咒發動時，你就會替她們消解引起詛咒的罪惡感，讓她們解脫；這樣的事情，我相信已經發生了很多次——可是，你對瑪莉亞的關心又在哪裡呢？一味給予善意或示好，有時比惡意還要殘酷。你們希望、設法保護瑪莉亞——進而採取的行為和抉擇，真的幫得了這孩子嗎？你們敢說那些行為不是自我滿足，只是讓自己高興的嗎？」

「不是的，我們……！」

刃更想反駁這辛辣的問題，卻無法再說下去。剛剛萬理亞默默低頭的表情，早已說明了誰是誰非。

「——既然你主張自己不是那樣，我就給你一個證明的機會。」

露綺亞說道：

「假如瑪莉亞——成瀨萬理亞真的是你的家人，你是真的想阻止我用處罰來拯救她的心靈，那沒有什麼好說的——你必須自己來處罰瑪莉亞，消除她心中的痛苦，向我和這孩子證明你不只是嘴上說說。」

「我來處罰萬理亞……」

這句挑釁意味的話，讓刃更茫然看向萬理亞。萬理亞依然沒說話，只是——

「萬理亞……」

東城刃更見到萬理亞慢慢朝他走來。

「…………」

萬理亞什麼也沒說，只是輕輕向上看著刃更。

那樣的眼神和表情，已足以讓刃更做出決定。於是，刃更將雙手搭上萬理亞的肩，自己面向露綺亞，以沉靜但有力的聲音說：

「我答應——如果那樣就能拯救萬理亞、讓妳認同我也是萬理亞的家人的話。」

8

以種族傳統而言，對於淫魔的懲罰不只要施加肉體上的疼痛，還要使受罰者感到羞恥。

姊姊露綺亞原本是打算，用自己慣於作為武器使用的鞭子處罰萬理亞，所以想將鞭子借給刃更，但手搭著萬理亞的肩、彷彿要讓她安心的刃更卻搖搖頭拒絕，說：

「既然是我來處罰萬理亞，我要用我自己的手來做。」

接著刃更表示，他要對萬理亞做的處罰，是掌摑她的臀部。

也就是打屁股。因為那是人類父母管教做了壞事的孩子時普遍使用的處罰。現在——

「…………」

為了接受刃更的打屁股，成瀨萬理亞正紅著臉做著某件事。

那就是，脫下自己的衣服。一般而言，打屁股用不著脫衣，但在刃更想做一般的打屁股時，露綺亞添上了她的要求。

——因為她認為，那樣不夠羞恥。

露綺亞原本要做的並不只是用鞭子打痛萬理亞，還要一片片地打碎她的衣服、袒露她的身心，讓她赤裸裸地告白自己犯下的錯，以這樣的處罰抵消她的罪過。

所以，萬理亞現在才會脫去衣服。假如要製造與露綺亞以鞭子抽碎衣服相同的效果，刃更就得以自己的手撕碎萬理亞的衣服，不過刃更並不願意那麼做，露綺亞便命令萬理亞先行脫衣。

不是讓刃更脫，而是萬理亞自己脫。因為那也是處罰的一部分。

脫到只剩一件內褲的萬理亞，站到坐在沙發上等候的刃更眼前，對上了他的視線——

「對不起，刃更哥。我……」

並為掩藏真正的感受道歉。刃更伸出左手，輕撫萬理亞的臉頰問：

「原來妳——一直都很痛苦嗎？」

「…………對不起。」

萬理亞以再一次的道歉回答刃更後——

「……——我知道了。現在，我要處罰妳。」

刃更說道：

「但是，那並不是因為妳服從佐基爾背叛我們，是因為妳心裡難過還刻意擠出笑容。即使我們沒有血緣關係，種族也不一樣，也已經是一家人了——而我是妳的哥哥。這也許是我自以為是，但我就是這麼認為。所以，如果妳這個妹妹做錯事，我就要處罰妳……懂嗎？」

「…………懂。」

萬理亞點個頭後，刃更視線轉向露綺亞。

「露綺亞小姐，萬理亞之前對胡桃使用過一種魔法，效果跟解除方法都和我與澪跟柚希結的主從契約的詛咒幾乎相同——妳也會用那種魔法嗎？」

「會。你問這個做什麼？」

對於露綺亞的反問，刃更提起萬理亞的右手說：

「我知道我要做的是處罰她……為了不讓萬理亞再掩飾自己還就我們，以及完全從她心中消除痛苦或愧咎之類的情感，我想做得徹底一點——真的完完全全。」

「……假如進入催淫狀態，快感會緩和痛苦，你不覺得那樣就失去了懲罰的意義嗎？」

刃更輕聲回答露綺亞的指摘說：

「那種事，是依做法而定吧。」

這讓露綺亞沉默地注視了刃更一會兒才說：

「…………我明白了，就讓瑪莉亞接受我的洗禮吧，我們同族之間很少做這種事就是了。我在夢魔本身的能力上比她強，應該會有效果才對。」

接著緩緩走向萬理亞。

「瑪莉亞……看我的眼睛。」

「……………是，露綺亞姊姊大人。」

即使從兩人對話能十分明白自己會有何結果，萬理亞仍聽從了姊姊的要求。露綺亞眼中隨後浮現出夢魔印記的魔法陣——

「啊————……」

直視魔法陣的當下——萬理亞幼稚的軀體中發生了異變。下腹深處，湧出一團甜美的熱，並猛烈地急速膨脹。事實如同露綺亞所說，姊姊的力量在萬理亞之上，洗禮的催淫力當然也更為強大。

「嗯……啊！……啊啊啊啊……！」

萬理亞嬌喘著搖晃起來，直接倒進刃更懷裡。

坐在沙發上的刃更，順勢將萬理亞擺在自己腿上。

胸部貼在刃更大腿上，面朝側邊——呈現讓刃更的手最容易拍打她屁股的姿勢。隨後

「——要開始囉。」

刃更聲音低沉地說。

「呼啊……啊、嗯……——！」

——

這讓趴在他大腿上、吐著濕熱氣息的萬理亞不禁吞吞口水——

「………好，刃更哥，拜託你了……請你用力處罰欺騙你們的我吧。」

說出如此懺悔的話語——下一刻，刃更的巴掌打在萬理亞的臀肉上，擊出響徹露綺亞辦公室的鳴爆聲。

激烈的衝擊使感覺瞬時麻痺——緊接而來的是燙傷般的劇痛。

經過勇者一族訓練的刃更，毫不留情地打了萬理亞的屁股——將手腕的扭動發揮到極限，以最完美的軌道及角度擊打。從第一下開始，威力就超乎想像地驚人。

洗禮造成的快感，根本沒起到緩和作用，即使穿著內褲也完全承受不住。於是萬理亞兩眼泛淚地尖聲哀號。

「！！——呼啊啊啊啊啊啊啊啊啊啊啊啊啊啊啊❤」

那是萬理亞自己作夢也沒想過的，令人酥軟的淫媚叫聲。那放蕩的嬌喘，當然也清楚傳進了萬理亞自己耳裡。

……我、我怎麼……會叫成這樣……？

萬理亞嚇得茫然失措，但她根本無法多加思考。

因為第二下已經打上了她的屁股。

「咿！啊啊啊啊——♥」

那無疑只是疼痛，沒有快感——然而，衝出口的卻是愉悅的嚎叫。

感覺和反應的落差，讓萬理亞腦裡一片混亂。

……啊。

但她很快地發現，疼痛只存在於臀部表層——更深層的部位，起了某種變化。

下腹深處那團熱度更加地膨脹。在第三下擊打後——

「啊～～～～♥」

成瀨萬理亞總算明白了。

自己體內痛苦與快感的線路接在一起了。受到那燙傷般的痛楚，帶來的是更為炙熱的快樂。

因此——轉眼之間，她已經墜入那甜美的疼痛之中。

快感在第四下與痛苦齊平，在第五下超越痛苦——到了第六下，腦裡已經只剩下快感。

就這樣——一發不可收拾。

「哈啊！……刃更哥！啊♥呼……啊、嗯嗚♥嗚嗚！啊——啊啊啊♥」

刃更每一次打響屁股，萬理亞的腦子就被沖得一塌糊塗。下腹深處那快感的熱團一路從臀部、大腿擴散到腰際。每當小小臀肉奏起的清脆響聲，都讓萬理亞表情陶醉地淫叫不已。

而第十下抽落的剎那——

「！——哈啊啊啊啊啊啊啊啊啊〜〜〜〜♥」

堆積在體內的快感一口氣炸開，將成瀨萬理亞瞬時推上顛峰。

劇烈的高潮使得眼前一白，幼小的身體無力地癱在刃更腿上；快樂的餘韻讓她神情呆滯，嘴裡吐著愉悅的氣息。一時間，刃更不繼續再打——萬理亞便放任自己沉浸在幸福的滿足感中。見狀——

「——你應該不會認為，這樣就能交差了事吧？」

將整段過程看在眼裡的露綺亞冷冷地說。

「你以為只是打十次屁股意思一下……高潮個一次，就能讓女人什麼都忘了嗎？若真是如此，那你未免也——太小看女人和萬理亞的痛苦了。」

「…………………」

刃更以沉默回答表示失望的露綺亞。

彷彿在告訴她，事情還沒結束。

「啊……嗯嗚……刃更、哥……？」

萬理亞帶著被快感浸濕的眼瞳轉過頭來，發現刃更剛才拍打她屁股的手，向她內褲褲頭伸去。

「啊…………」

還來不及抵抗，那隻手就將萬理亞的內褲拉下膝蓋。幼小但圓潤的臀部，整個被刃更拍成粉紅色——

……天、啊……

但一點也不痛。也許是因為快樂的餘韻尚未退卻，萬理亞的雙臀在刃更腿上輕輕扭動，一副很舒服的樣子。於是，刃更看著她說：

「……萬理亞。」

然後提起她的左手，將手掌貼在她的臀部上。

……討厭……我、怎麼變得這麼燙……

萬理亞被迫感受自己的臀部遭到刃更處罰，而嘗到痛楚——以及更強烈的快感後的實際狀況。掌心傳來的，是遭到快樂之火炙烤，彷彿連手都要燙傷的熱度。

「啊——……」

萬理亞忽然有種飄浮感。刃更由下捧起她的身體，將脫到膝蓋的內褲完全移除，再把她放回腿上。

——不過，這次不是方便打屁股的橫向。

而是與刃更面對面，有如坐姿相抱位的跨坐方式。

「…………」

這讓萬理亞明白，自己接下來要看著對方，對她裸露的臀部打下名叫快感的懲罰，直到打消心中所有痛苦為止。萬理亞沒有任何抵抗，因為不想再對刃更有所隱瞞。

於是，她默默地等待刃更出手。隨後，刃更的右手拍在那剝除內褲這層鎧甲的赤裸臀部上，剎那間——

「！——哈啊啊啊啊啊啊啊♥」

第一下就讓萬理亞再次高潮——之後每多打一下，萬理亞就看著刃更的臉再高潮一次。

每一下，都充滿了坐在刃更腿上被他打屁股的幸福——在快感催化下令人麻顫的幸福。

很快地，萬理亞的幼嫩身體出現了十足的女性反應。

即使受著處罰，胸部尖端卻鼓脹發硬，朱唇和兩腿之間都淫褻地流出愛液。萬理亞稚氣未脫的身體，就這麼被刃更一掌掌地開發，加速成熟。在超過十下時，她終於到達極限。

「！～～～～～～～～～～～～♥」

成瀨萬理亞手腳緊抱刃更，全身劇烈顫抖。

「…………！哈啊……！嗯嗚……呼，啊………♥」

對於再也無法思考，除嬌喘之外什麼反應也沒有的萬理亞——

「——————」

刃更舉起了右手。見此——

「！——刃更先生！」

露綺亞也不禁從旁制止，但是——下個瞬間，成瀨萬理亞達到極限的臀部得到的，是疼惜。刃更的手安慰似的溫柔撫摸她受完處罰的臀部，就像摸頭稱讚孩子一般。

「……………辛苦妳了。」

同時耳邊傳來刃更憐愛的聲音。所以——

「………………！」

淚水從一雙大眼睛滾滾而落的萬理亞用力點點頭。

並將刃更抱得更緊，一再呼喚他的名字。

接著——

「這樣的處罰應該夠了吧？」

「………………」

對於刃更的問題，露綺亞以無言表示肯定。

刃更的表情跟著放鬆，輕撫瑪莉亞的頭髮。

——瑪莉亞已經在刃更腿上睡著了。

露綺亞將原先準備在鞭刑後消炎的藥膏交給刃更，刃更也立即輕柔地為瑪莉亞塗抹臀部。她就是在這期間失去意識的。

瑪莉亞鼻息平穩，表示她身心平安。

……原來如此。

露綺亞看著刃更眼神憐憫地摸瑪莉亞的頭，對雪菈看重刃更的原因似乎多少能夠理解。瑪莉亞應該不知道吧，因為那是她出生前的事了——這次刃更所要求的附洗禮的處罰，是雪菈過去慣用的手法。

雪菈多半是在與刃更對話之中，在他心裡發現了彼此相近的部分吧。有這樣的人陪伴瑪莉亞，讓露綺亞感到放心，但同時也有些微的害怕。

——刃更是前勇者一族的戰神迅．東城的兒子，光是這樣就夠令人特別提防了，可是相較於眼前顯露的憐愛表情——

……這個少年不時露出的那種，連我都會不寒而慄的冰冷眼神是怎麼回事……

說不定刃更心中，潛藏著某種無法想像的陰冷感情。

……話說回來。

刃更說到做到，解放了瑪莉亞心中的痛苦。儘管見到自己可愛妹妹的心是由他人來拯救，有些不是滋味，但因為僅止於想像之中的模糊猜測就害怕刃更，未免太誇張了點。

而且現在，還有件更重要的事得做——於是露綺亞採取行動。

「————」

露綺亞才只是朝辦公室門口一瞪，就讓那木門立即猛然敞開——門後的少女也為這突發狀況嚇得渾身一顫——

「！——啊……啊……」

並一屁股癱坐下來。那是與刃更一同來到魔界的少女勇者——

「胡桃……？」

刃更驚訝得叫出她的名字，但顧忌到在他腿上睡著的瑪莉亞，沒有站起來。露綺亞便代替無法移動的刃更走向胡桃，站到她眼前說：

「不只在城中胡亂走動，還偷聽我辦公室內的聲音……想不到勇者一族也會做這麼沒規矩的事呢。」

「我……我是……」

在露綺亞的冷酷睥睨下，胡桃驚慌失措地交互看著她和刃更他們。

想必她是因為刃更和瑪莉亞一樣遲遲沒回去，才來看看情況——然後聽見了不久前還在辦公室裡盪漾的各種聲音，但也不方便就這麼逃回客房，便留下來聽到了最後吧。

——現在，該怎處置她才好呢？

她沒走雪菈所建構的空間通道，是因為刃更剛用過，容易被露綺亞察覺吧。澪和柚希與刃更結了主從契約，可以感測到他的位置；不過澪這個前任魔王的女兒太過顯眼，而柚希雖能隱匿行動，仍不比能以精靈魔法隱身的胡桃穩妥，所以才派她來的吧。胡桃和澪幾個擔心刃更和萬理亞而來查看的心情，是不難體諒。

……可是。

很不巧，現在的露綺亞心情不太好。這也是當然的，原本這個時候，解放瑪莉亞心中的痛苦、讓她撒嬌的人應該是露綺亞自己。還以為刃更沒那種本事，結果這個角色卻被他硬生生搶走了。

「啊……啊啊……！」

「…………………」

或許聽了一陣子瑪莉亞的媚聲，身體也感染了亢奮與快感，胡桃雙眼濕熱地看來。露綺亞見到她這副模樣，心裡有股黑暗的興奮徐徐湧上。

平時，她身為拉姆薩斯的副官——且需要管束眾多侍女，必須嚴以律己、克制慾望；但其實，她夢魔的本能比瑪莉亞更加強烈。而現在——露綺亞可沒冷靜到能夠壓抑自己那般強烈的本能。

——於是，露綺亞決定將自己的負面情感，全都發洩在眼前的胡桃身上。

也就是對她施放夢魔的洗禮。連同族的瑪莉亞都會兩腿發軟的催淫效果，就這麼完全籠罩被魔界環境降低抵抗力的胡桃——

「咦——啊…………」

使她頓時兩眼無神地直接倒下。露綺亞順勢抱住她，將她帶進自己的辦公室。

「露綺亞小姐，妳怎麼……！」

對於刃更非議眼前暴行的話——

「我說過了，這裡是我這拉姆薩斯大人副官的辦公室。」

露綺亞抱著胡桃走向刃更回答道：

「而這座城，是從前威爾貝特大人所居住，現由穩健派管理階層使用的地方。沒使用家母的空間通道，就表示她是擅自在城中走動找來這裡——那麼我想怎麼做，你應該沒立場說話才對。」

綺露亞看著刃更如此說道，她的眼中已燃起熊熊的夢魔本能之火，全身更散發出S級的氣場。

「！……胡桃沒和我結主從契約，而澪她們就算有結，也不可能知道城裡的路線；所以一定是像我那時候一樣，是雪菈小姐告訴她怎麼走的啊。」

剛剛露綺亞對雪菈的稱呼似乎是變得較為尊敬，刃更便試著提出她的名字，要露綺亞冷靜。但是——

「不必搬出家母……這裡是我的房間，決定權全在我手上。」

露綺亞卻在這麼說之後，讓胡桃躺在與抱著萬理亞的刃更隔桌相對的沙發上，動作俐落地脫去胡桃的衣物。

可能是露綺亞身為侍女的自覺仍勉強高過夢魔本能，即使失去冷靜也沒有強行撕開衣服。她一轉眼就將胡桃脫到只剩內衣褲，然後解開鉤扣除去胸罩，露出那對形狀姣好的胸部，接著向內褲伸手——

「！——胡桃是妳妹妹難得的好朋友啊！如果妳傷害了她，萬理亞會多難過，妳自己想一想！」

聽見刃更大聲以這樣的忠告制止後——

「————」

露綺亞停下了鉤在胡桃內褲上的手。她背對著刃更，看不出現在作何表情，不過——短暫沉默後，露綺亞站起轉身——

「……那好吧，看在瑪莉亞的份上，我再給你一次機會。」

以夢魔本能猶未平息的眼瞳看著刃更說：

「你就代替我，和這女孩做給我看，滿足我的需求——假如滿足不了，到時候我才不管她是不是瑪莉亞的朋友，我會傾注所有夢魔能施予的真正的快樂，讓她連自己是誰忘了。別想要我再多退一步。」

「！……我知道了。」

刃更無奈地答應。儘管更進一步的勸說或交涉不是完全不可能，但若失敗而刺激露綺亞，難說胡桃會有怎樣的下場。因此——

「…………」

刃更將萬理亞輕輕抱離自己的腿，讓她繼續躺在沙發上睡，然後走向露綺亞和胡桃的沙發。

9

第①章
與你在魔界的種種

胡桃有個對任何人都說不出口的祕密。

那是——一種長年藏在心裡的想法。

她也想和柚希跟澪一樣，和刃更締結主從契約。

……因為。

野中胡桃發現——不知不覺地，自己和刃更幾個之間出現了一段差距。

——她並不認為，之前與使用靈槍「白虎」的早瀨高志跟監察斯波恭一對戰刃更幾個時，差距有現在這麼大。

那指的不只是戰鬥力，還有她與刃更的關係。

日前，她來到東城家協助柚希時，與刃更、柚希、澪和萬理亞鬧出不可告人的關係，而他們的戰鬥力還因此大幅提昇。

這提昇將胡桃遠遠地甩在後頭——所以自然地，胡桃自己也想和刃更結下主從契約。

……可是。

遺憾的是，她不能這麼做。柚希已經在迅的庇護下得到長老同意繼續待在刃更身邊，應該不會離開東城家；可是胡桃只要一接到命令，就非得回去「村落」不可。因此，假如被人發現體內藏有怪異魔力波動，會造成父母的困擾。光是柚希的事，就讓野中家的處境變得有些艱難。儘管對象是刃更，一旦使用魔族契約魔法的事曝光，不知道長老們會做出什麼可怕的決定，就連刃更都可能被追究責任而成為處決對象；屆時派出的恐怕不會只是使用「白虎」的高志，而是那個斯波恭一親自出手。無論如何，千萬要避免這種狀況發生。

……因為一定打不贏的嘛……

對現在的刃更和自己這幾個的程度而言，實在沒機會戰勝那種怪物……甚至可能要迅親自出馬才行，可是迅已經離開第一線很久了……所以，絕不能讓長老派出斯波。

所以，胡桃一直壓抑自己想和刃更結下主從契約的渴望。

……不過，胡桃還是很想多少拉近彼此的距離。

胡桃為了不讓自己與他們疏離，無論被萬理亞做了多少羞人的事都甘之如飴。儘管如此，刃更與其他女孩之間的牽絆並不只是主從契約，還有一同挺過死鬥的戰友情感——使得胡桃無論順著萬理亞和大家一起做了多少下流事，仍舊覺得自己與大家有段距離。所以，為了填補這樣的孤寂，胡桃晚上就寢時，會請精靈用魔法讓她作「某些夢」。

那是野中胡桃的心願——與刃更成為戀人的夢。

——在夢中，胡桃與刃更的愛戀一天比一天深。

兩人之間的關係，和遭到萬理亞設計而參加的那些跳過好幾個順序或階段的行為不同，是經過多次約會、牽手、攬臂——一點一點培養起來的。

這就是野中胡桃的純愛。

到了約一週前，胡桃終於和夢中的刃更接吻了。即使兩人在現實中做過各種猥褻行為，但很可惜地從來沒有接過吻；所以儘管是在夢裡，柚希還是很高興自己追上了姊姊她們。此後，胡桃在夢裡和刃更吻過不下千百遍。雖然實際上連初吻都沒嚐過，在夢裡已體驗過無數次成人舌吻，還常做些更大膽的事。

……呵呵。

實際上總是受刃更和萬理亞擺布的胡桃，在夢中相當大膽。

由於現實中，和男人發生最後一步的行為會失去精靈的護祐，讓她在夢裡也不敢踰越；然而她享受的不只是愛撫帶來的快感與高潮，在那同時與刃更接吻，更是讓她感到特別幸福——所以最近，胡桃在夢裡總是主動要求刃更。

——而現在，野中胡桃就在夢境當中。

讓她如此判斷的，是超現實的漂浮感，以及體內的甜美酸楚。

胡桃在陌生的房間內脫得只剩內褲，刃更坐在沙發上，將跨坐在腿上的胡桃又摸又親；手從背後搓揉她的胸，嘴吻著她的頸子。自己不可能以現在這副模樣，和刃更在第一次來到的地方做這種事。

所以，這無疑是夢。那麼，只是處於被動就浪費了。一這麼想——

「啊啊嗯……刃更哥哥♥」

胡桃坐在刃更腿上轉向，將自己的唇疊上他的嘴，向他索吻，而且——

「咕啾……嗯啊、嗯……！哈啊……咧啾……刃更哥哥……啾噗。」

淫褻地纏住他的舌頭，主動向刃更要求更多，使他露出驚訝的表情。

……奇……怪……？

儘管思緒模糊，胡桃依然感到了疑問。自己與夢中刃更的經歷都是連貫的，所以刃更不應該對胡桃如此積極的態度不知情。為什麼——抱著疑問深吻的胡桃，在下個瞬間聽見了不可能的聲音。

「……——胡桃？」

那是刃更略帶疑惑的聲音。剎那間——

「——！」

野中胡桃嚇了一大跳。自己現在確實聽見了刃更的聲音，但那是不可能的。為了區別夢境與現實——讓無論多麼幸福的夢都比不過現實，胡桃所有的夢都沒有聲音。

「那、那現在……」

胡桃看看周圍，這才發現自己背後——露綺亞抱著全身赤裸睡著的萬理亞，坐在對面沙發上看著他們。這讓野中胡桃再也無法哄騙自己，她清楚明白——這一切無疑是現實。所以

——

「騙、騙人……討、討厭，我……！」

自己放蕩的一面，居然被露綺亞——不，最不該看到的是刃更，而且還偏偏在這種情況下獻上了初吻。胡桃羞得幾乎要發瘋，嚴重驚慌失措。

「！——胡桃，妳冷靜點。」

眼前的刃更以嚴肅得嚇人的語氣說話了。那彷彿上了戰場的凶險聲音，讓胡桃不禁忘了心中混亂，注視刃更。

「我要繼續了——知道了嗎？」

在有露綺亞旁觀的異常狀況下，刃更說出了別說是現實，就連在夢裡都絕對不會說的話。那沒有商量餘地的口吻——

……啊……

讓野中胡桃想起——不，是理解到，這是自己為了查看刃更和萬理亞為何遲遲沒回來，而偷聽露綺亞辦公室內的狀況……之後發生的事。

換言之，這個狀況是自己行跡敗露所造成的。會發生這種事，恐怕是由於露綺亞的命令，那麼刃更會乖乖聽話是因為——

……她拿萬理亞或我威脅他吧。

假如真的別無選擇，刃更多半會動用武力，但這時間點實在不該那麼做。在這個才剛來到魔界，還沒有半點成果——澪的處境尚未獲得任何改善的狀況下，怎能和穩健派鬧翻呢。

那樣會讓大家來魔界的目的全泡湯啊。

儘管讓露綺亞直視自己如此羞恥的模樣非常難堪——

……可是這都是我的錯嘛……

不僅沒追上刃更他們，反而先扯了後腿，而且還這麼地早。頓時高漲的自責和懊悔——

「…………！」

讓胡桃緊緊閉眼抿唇——但也只有短短一瞬。

既然禍是自己闖出來的，那麼該怎麼做，已經擺在眼前了。

這是為了不再拖累大家——並挽回自己的失誤。露綺亞是夢魔——又是萬理亞的姊姊，會要求些什麼、要怎樣才會滿意並不難猜，只要做萬理亞平時要自己做的事就行了。接著——

……那就乾脆……！

胡桃再次切換想法，硬是將這個狀況認定為夢境，不是現實。這麼一來，露綺亞的目光也沒什麼好在意了。於是——

「嗯，拜託……繼續嘛，刃更哥哥♥」

這麼說之後，胡桃再次主動親吻刃更。第二次的吻——這一次，刃更沒有任何訝異，立即纏上舌頭，激出下流的聲響。

在夢中絕對聽不見的淫穢濕聲，讓胡桃比夢中更為陶醉。

所有的敏感部位，都讓刃更給摸遍了。

「啊嗯、哈啊……不要♥嗯啊……呀、呼啊啊啊，哥哥……刃更哥哥~♥哈啊、嗯……不要……不、哈啊啊啊啊啊♥」

胸、臀、大腿，全都被那猥褻的動作摸得酥麻。就連刃更的手伸進內褲後邊粗暴地揉起臀肉，都讓現在的胡桃覺得幸福。她更從後抓住刃更的手向下導引，扯下最後遮掩身體的內褲，並急促地左右扭腰抽出雙腿，讓自己完全赤裸。

然後再次吻上刃更，使情慾更加升溫。

「拜託，刃更哥哥……舔人家的腋下……」

這時，野中胡桃終於央求刃更攻擊自己的弱點。

吸著她胸部的刃更霎時停下動作。

「……………」

「……………」

在鼻息相觸的距離間，兩人互傳一段宛若永遠的瞬時沉默。接下來的，彷彿全都是慢動作。

胡桃緩緩在腦後交叉雙手。

看著刃更慢慢將嘴湊上她的腋窩。

於是她輕輕閉上雙眼，下個瞬間——

「————」

野中胡桃拋開一切，讓高潮支配自己，隨後——

……啊……

她用盡所有力氣——倒進刃更懷裡。

一感到他的懷抱，胡桃的意識就忽然稀薄。

但是在最後——

『…………』

胡桃依稀聽見，露綺亞的聲音遠遠傳來。

那是她所期待的答覆——認同她與刃更的話語。

於是野中胡桃安心地閉上眼睛。

即使眼前一片黑也不害怕。

因為刃更的溫暖牢牢地包覆著她。

第2章 交纏的思慮中

1

在露綺亞的辦公室，給萬理亞和胡桃傾注名為處罰的快樂後。

刃更和露綺亞一起回到了澪和柚希等待的客房。

——萬理亞和胡桃則是先送進其他房間，等休息夠了再讓她們回來。

劇烈的高潮快感完全沖散了胡桃的意識，而萬理亞身上，刃更所給予的快樂餘韻依然強烈。由於她們都沒結主從契約，假如在那種狀態下帶回客房，說不定會引起澪和柚希主從契約的詛咒。澪是魔王威爾貝特的獨生女，對穩健派魔族而言就是公主；初來乍到此地就讓她屈服而解脫之類的事，必須盡量避免。

……而且。

畢竟穩健派也是不折不扣的魔族，厭惡勇者一族的一定不少，留無法自保的胡桃獨自在房裡並不安全。另外，雖然多半不必擔心了——照顧胡桃，也能讓萬理亞不會再起離開刃更幾個的念頭。儘管刃更認為剛才那些行為已經讓萬理亞明白自己有多麼重視她，但她的後悔若能這麼輕易就消去，也不會痛苦到現在了，所以下這樣的保險以防萬一。現在——

「——抱歉，這麼晚才回來。」

刃更這麼說著開門進房，看見澪和柚希仍在喝茶，潔絲特也在刃更進房時到牆邊候著。不過——雪菈或許是預見到，露綺亞會因為她借刃更使用空間通道的事過來罵人，已經不見人影，但房裡多了另一個人。也許是代雪菈而來的吧，有個面蓄長長白鬚的男性老魔族，正在陪澪她們喝茶。

「————」

發現刃更進了辦公室也沒變過臉色的露綺亞，一見到那名老魔族就反射性地繃緊身體，表情也稍微嚴肅起來。露綺亞的緊張反應——

……誰啊？

讓刃更明白他絕對不是普通人。儘管他與桌子對面的澪和柚希相談甚歡，但還是提防點的好。

「啊，刃更……——回來啦。」

見到刃更回房，澪露出放心的表情；但發現跟在他身後的是露綺亞，不是萬理亞和胡桃，又讓她皺起眉頭，而柚希也是如此。

第②章
交纏的思慮中

「刃更……萬理亞怎麼沒跟你一起回來？」「……胡桃不是也去你那裡了嗎？」

刃更走向詢問她們行蹤的澪和柚希，回答：

「她們沒事，萬理亞的問題已經解決了，等等就會回來。」

「解決了……真的嗎？」

澪向露綺亞瞥了一眼又看回來，刃更跟著「是啊」地點點頭。

「這樣啊……太好了。」

澪摸摸胸口並吐口氣，柚希也像安了心，沒再多問。所以——現在輪到刃更發問了。他站到桌邊，問：

「請問，這——」

是哪位？但問題還沒說完，答案已從身旁傳來。

「——克勞斯大人，您怎麼會在這裡？」

露綺亞以更冰冷一層的語氣提問，而稱作克勞斯的老魔族則是表情柔和地笑著回答：

「喔喔露綺亞小姐……表情這麼嚇人，是怎麼啦？」

「您還沒回答我的問題呢，您怎麼會在這裡？」

「沒什麼，碰巧而已。聽說城裡有人見到瑪莉亞，就過來這邊看看了。看來老夫雖然年邁體衰，直覺還是相當可靠呢。話說，露綺亞小姐妳也真不夠意思，澪大人來到魔界作客，怎麼不知會我們一聲呢？」

「……拉姆薩斯大人吩咐我，在他回來之前，暫時向其他人保密。」

「原來如此……是這麼回事啊，真像是他會說的話呢。」

呵呵笑的克勞斯，將視線從露綺亞轉到刃更身上——

「你就是刃更先生啊……那個迅．東城的兒子？」

並起身伸手過來，要與刃更握手。

「抱歉這麼晚才自我介紹——老夫名叫克勞斯，幸會幸會。」

「你好……我是東城刃更。」

見到刃更也握手回答，克勞斯笑得更深了。

「嗯……的確有點他的樣子。」

「你認識我爸嗎？」

從他本人的舉止和露綺亞的反應和用詞來推測，克勞斯在穩健派中的地位相當高。這樣的人和迅有過面識，讓刃更有些訝異。

「也不算……只是那場大戰中，在戰場上看過幾眼而已。哎呀，令尊在那時候，可真是讓我們傷透腦筋啦。當年人稱戰神的男人，如今兒子居然來到我們城裡作客……時代真的變了很多啊。」

第2章
交纏的思慮中

聽克勞斯遙望遠方這麼說，柚希低聲說道：

「刃更……他以前好像是威爾貝特的參謀。」

「威爾貝特的參謀——就是以前有『賢老』之稱的那個人？」

「不敢當不敢當。老夫和你們看到的一樣，不過是個糟老頭罷了。因為比別人虛長幾歲，所以偶爾會在有人來尋求建議時提供一點淺見而已。」

刃更的話讓克勞斯呵呵笑著謙虛回答。

……雖然知道他地位不低，沒想到會是威爾貝特的參謀啊。

這麼一來，可以想見他在現在的穩健派內，說話也有一定的份量。

而從他與露綺亞對話中的對立態度來看——

……應該是希望讓澪繼承威爾貝特成為魔王的其中一人吧。

拉姆薩斯是希望取出澪身上威爾貝特的力量——與克勞斯立場對立。那麼，和隸屬拉姆薩斯的露綺亞對話時的緊繃氣氛也就不難理解了。這時——

「話說，怎麼把客人帶來這種傭人的房間呢……在這種寒酸的房間，是要人怎麼好好休息啊？」

克勞斯說完輕輕拍了拍手，幾個侍女應聲進房。

「老夫為各位準備了更好的房間。既然刃更先生也回來了，我們就到那兒去吧。」

克勞斯這麼說之後，那些侍女便動手搬起刃更一行人的行李。她們的衣服顏色和露綺亞跟潔絲特不同，表示她們是克勞斯底下的侍女。露綺亞見狀連忙阻止說：

「克勞斯大人，請等等。請他們待在這房間是拉姆薩斯大人的意思，您這樣我無法交代——」

「——什麼話。等拉姆薩斯閣下回來，老夫會親自稟報，這樣就沒問題了。這座城那麼大——更適合澪大人這威爾貝特陛下的獨生女及其友人的房間，應該要多少有多少吧？」

即使制止的話遭到克勞斯打斷，露綺亞仍堅守立場。

「那只是您私自的決定，與我無關。接待澪大人等人是我的任務。」

「那麼他們只配用這種房間，也是你和拉姆薩斯閣下私自的決定吧？」

但克勞斯同樣一步也不退。

「迎接澪大人的榮譽已經讓給你們了，至少這幾天的住所，就交給老夫來張羅吧。不用擔心，全城每個人都知道，老夫可是一旦下了決定就不會退讓的老頑固，誰也阻止不了；就算妳拗不過我，拉姆薩斯閣下也不會怪妳怠忽職守的。」

「克勞斯大人……！」

第②章 交纏的思慮中

難掩焦急的露綺亞依然嘗試阻止克勞斯。

「露綺亞小姐……妳還想對老夫多嘮叨些什麼嗎？」

「…………！」

這話讓露綺亞咬起了唇。儘管自己的確是穩健派現任首領拉姆薩斯的副官，但那並不等於穩健派的二號人物；而眼前的老人，在穩健派內處的正是那樣的地位。

阻止不了他了——失去當下主導權的露綺亞，只能愕然兀立。

「看來妳是明白了。在其他房間休息的瑪莉亞和柚希小姐的妹妹，待會兒我會再派人接過去——告辭啦。」

克勞斯從容地笑著這麼說之後，就帶著臉上有些尷尬的澪等人離開房間。

候在牆邊的潔絲特一時間不知如何是好，可是——

「——妳就去吧。命令妳照顧刃更先生的是家母，克勞斯大人是不會刁難妳或和家母爭他們的。」

「…………是。」

聽了露綺亞的話，潔絲特輕輕點個頭就跟上刃更的腳步。

之後留在房裡的——就只有露綺亞一個。

2

「哎呀，真是讓各位看笑話啦——」

在前頭領著刃更一行人走過長長走廊的克勞斯說道。

「威爾貝特陛下過世才沒幾年，就有些人不知道把對陛下的敬意擺到哪裡去……真是丟死人了。」

「請問……威爾貝特先生是個什麼樣的人啊？」

刃更問道。刃更和柚希所知道的資訊，全都是來自「村落」中曾參與大戰的大人們口述。威爾貝特凝聚了穩健派的力量，統一魔界全土一段時期，卻又從人界撤軍，選擇在魔界和平生活，人稱歷代最強的魔王。不過，這些敘述和歷史課本上的偉人生平沒什麼兩樣；說得再多，也只能知道他有怎樣的地位、有什麼成就——但無法說明真正的他是個怎麼樣的人。聽了這問題——

「——他是個比誰都更強悍，卻也比誰都更溫柔的人。」

克勞斯仰望著虛空輕聲回答。

「過去，魔界大半都是一心想對從前放逐魔族的神族報仇，拿你們人界為據點進攻神界的好戰分子——直到威爾貝特陛下出現，情況才有了變化。」

因為——

「他並不是只會高唱理想的弱者，而是擁有一身無比的力量，卻仍呼喊非戰與和平……別被過去束縛、不再為遭到不平的祖先復仇，要為當下和未來而活，為自己開創幸福的日子。威爾貝特陛下的意志深深打動、震撼了我們的心，贊同他、與他共鳴的人也愈來愈多——一轉眼，我們這個由威爾貝特陛下率領的穩健派，已經成了魔界最大勢力。」

爾後——

「陛下在那場大戰中宣布撤軍——至此，距離陛下達成夢想只差最後一步。原本，魔界應該要就此邁入有史以來第一次弭平所有戰爭的和平時代——可是，命運實在太殘酷了。」

這時，克勞斯嘆了口氣再說：

「有一天——威爾貝特陛下患了重病。」

「……重病？」

刃更鸚鵡學舌般反問。

「是的……直到最後，我們都不知道那是什麼病，更別說原因了。讓威爾貝特陛下譽為最強魔王的強大力量一天天地流失……最後壯志未酬的他安安靜靜地嚥下了最後一口氣。以你們世界的時間來說，大約是一年半前的事。」

「…………………」

克勞斯的話，讓走在刃更身旁的澪表情陰沉。得知父親的死因——以及想到威爾貝特臨死時將力量轉交給澪，間接使得扶養澪的養父母在她眼前慘死，這兩樣心情——哀愁和悲傷，與各種無法紓解的情緒，現在一定在澪心中纏得一團混亂。於是——

「————」

刃更沒有停下腳步，直接摟住身旁澪的肩。彷彿要告訴她，即使親生父親和扶養她的養父母都不在了——現在還有哥哥陪伴著她。

「…………嗯。」

澪也像是明白了刃更的意思，淡淡發個聲後稍微靠向刃更。克勞斯雖也察覺刃更他們的互動，但仍識趣地沒有回頭，說：

「威爾貝特陛下過世後，擁立雷歐哈特這個年輕人成為新魔王的激進派和保守派聯盟開始抬頭，而陛下的兄長拉姆薩斯閣下則擔起率領穩健派的責任。可是，我們在這之前都沒聽說過陛下有個兄長，而且這個拉姆薩斯閣下還是個挺令人頭痛的人物……」

克勞斯又嘆口氣——

「他大概是接到陛下臥病在床的消息，忽然就在城裡冒了出來。這樣是還好，問題就是

第2章
交纏的思慮中

陛下不知在打些什麼主意，居然在遺言中指定這個多年不見的兄長在陛下過世後接管穩健派……而拉姆薩斯閣下也真的在陛下過世後繼任了；但是他對陛下這弟弟的死不僅沒有表現一點哀傷，還屢屢不顧我們的反對做出令人痛心的決定和命令，糟蹋威爾貝特陛下對魔界和平及愛女澪大人等付出的心思。很多原本受陛下的理想感召而一路走來的人們，就是因為無法接受拉姆薩斯閣下而紛紛離開穩健派……過去曾是魔界最大勢力的我們，現在早就一點樣子也不剩了。

他滿面遺憾地述說著威爾貝特死後的現況。

「露綺亞小姐，過去也曾經傾慕於威爾貝特陛下……可是在成了拉姆薩斯閣下的副官之後，就變得完全只按他的意思做事了。」

克勞斯領著一行人走上橫亙三層樓挑高大廳的空中渡廊，說：

「可是——我們大多數人，對陛下的忠誠依然不減當年。」

當刃更、澪、柚希三人跟著克勞斯停下腳步時——

『————！』

不禁同時倒抽一口氣，因為他們見到一大群人列隊仰望過來。從侍女、執事、看似園丁或廚師的傭人，到佩了劍、像是士兵的人，大約有數百名。

他們還對被這驚人景象震懾的澪一行人齊聲喊道：

『——歡迎澪大人大駕光臨！』

充滿熱情的聲音重重交疊，震得廳內空氣細細顫動。

「咦……那個……」

克勞斯笑著對見到如此盛大歡迎而不知所措的澪說：

「澪大人……只要向他們簡單打個招呼就好，可以嗎？他們等您這威爾貝特陛下的女兒出現，已經等了好多年啦。」

「可是要怎麼打招呼啊……」

見到澪求助似的眼神，刃更無奈地點個頭說：

「不用想得太複雜，克勞斯先生不是說簡單打個招呼就好嗎，稍微揮個手就行了吧？」

「是啊，那樣就夠了。」

「呃……這樣嗎？」

克勞斯笑著點點頭後，澪走到底下大廳容易看見的位置。

然後朝廳裡的人們輕輕揮手——群眾頓時歡聲雷動，彷彿是為引頸企盼的新君主的到來由衷地喜悅。其中——

……奇怪？

刃更發現有些人注視的不只是澪，視線還朝向了其他位置，於是順向看過去——

第②章
交纏的思慮中

「──────」

並立即明白他們看的是什麼，稍微睜大了眼。大廳另一邊──澪背後的牆壁頂端，掛了一幅巨大的肖像畫。

畫中人是髮色與澪相同的男性魔族──不會錯，那是威爾貝特的肖像。

相信從樓下角度看來，整個畫面就彷彿是澪背負了威爾貝特的遺志，而威爾貝特也守望著自己的女兒吧。

「……刃更，這樣好嗎？」

同樣注意到這狀況的柚希，以只有刃更聽得見的聲音問道。柚希擔心的，是樓下群眾對澪成為新魔王的期待。澪自己是希望擺脫魔族勢力之間的紛爭，在人界安穩生活。既然她沒有成為魔王的意思，就應該盡量避免表現出容易讓人誤會的態度。可是──

「沒辦法……既然舞台都布置成這樣了，不陪他們演完這場戲，反而會造成不必要的衝突。」

面色凝重的刃更瞄了克勞斯一眼。應是安排這場表演的老魔族，正以溫暖的眼神凝視著澪。

利用屬下降低澪精神上的防備，並利用群眾壓力讓澪產生「我有義務成為魔王」的使命感──不愧是賢老克勞斯，真是個老狐狸。

恐怕，他從很早以前就開始準備這一切了吧。說不定，以「另外準備了合適的房間」強勢說服露綺亞並離開那個房間，其實也是為了加強這一步的布局。

……可是。

露綺亞在運動會當晚出現在東城家告知魔界邀約至今，有一個多月的時間。

這邊自然也做了十足的準備。對方會如何行動、玩弄怎樣的計策——刃更幾個已經推演過各種可能，並擬出對策，這種場面也在料想範圍之中。當然，往後的發展不一定會完全照自己的想像走——

……無論如何，都要避免被他們牽著鼻子走。

這裡是魔界，也是穩健派的據點，地利絕對在他們那邊。

——但是。東城刃更對自己說。

為了得到澪和我們期望的未來。

為了往後在人界——繼續和大家一起生活，非得放手一搏不可。

第２章

交纏的思慮中

經過那場意外的見面會後。

澪幾個被帶到的新客房，是與之前有著天壤之別的豪華套房。無論家具等細部擺設、甚至地毯、壁紙、天花板，全都洋溢著高級感；更寬的占地、更高的天花板等格局上的不同，也令人充分感受到空間的廣大。

大到什麼程度呢，寢室六間、客廳三間，連餐廳也有三間，衛浴設備更是處處設置。

雖然希望澪成為新魔王的克勞斯陣營，和想從澪身上取出威爾貝特力量的拉姆薩斯和露綺亞，態度自然會是兩種樣子；但住進如此富麗堂皇的套房，實在讓人有點靜不下心。不過，即使請克勞斯換一個比較普通的房間，那八風吹不動的老魔族只回答：「哪有什麼，馬上就會習慣了。」就一笑置之，迂迴地婉拒了。

以日本時間算來，現在應是凌晨時分；不過眾人已經事先問過萬理亞兩個世界的時差，調整好生理時鐘，所以不覺得睏。

於是——搬進新客房一小時後，成瀨澪來到熱鬧的喧囂之中。

由於距離晚餐還有一段時間，澪便在克勞斯的建議下和刃更跟柚希前往城堡邊的市區遊覽，隨侍而來的除了刃更專屬的侍女潔絲特外，還有另外一個。

「——所以現在，我們來到的就是位在市區中心的雅德別廣場！」

身穿侍女服的少女笑盈盈地張開雙手自豪地說。她名叫諾耶，是克勞斯指派給澪幾個的市區導遊。她在自我介紹時就顯得相當活潑熱情，對澪這個威爾貝特的獨生女一點也不害怕，兩人很快就聊開了。

雅德別廣場中央有座巨大的噴水池以及威爾貝特的雕像，四方大道通達，是個人來人往的交通樞紐。

停留在廣場之中的人也是密密麻麻，攤販和露天店鋪來客絡繹不絕——就像東京都心鬧區一樣熱鬧。

——然而，這裡和人界的鬧區有些極大的不同。

第一就是，目前穩健派和現任魔王派正處於戰爭時期，這個市鎮也不例外。

廣場中能見到許多看似士兵的身影，腰間的佩劍和身上的盔甲，都明確地說明他們隨時備戰。第二則是極其當然的事——這裡所有人都是魔族。然而，他們沒有一個察覺刃更幾個人類混了進來。原因是在於他們經過了變裝。

「……真的沒被發現耶。」

「對吧，都跟我說的一樣嘛。安心了嗎？」

諾耶笑嘻嘻地回答嘟囔的澪。澪、柚希、刃更三人確實是經過了變裝，不過也真的只是改變服裝而已。刃更換上執事服，澪和柚希換上侍女服，沒有其他易容。能這麼簡單就掩飾澪幾個的身分，是因為——

第②章
交纏的思慮中

「和我們沒兩樣的魔族……怎麼這麼多啊。」

在澪眼前——熙熙攘攘的魔族們，大部分都是人形。當中固然有些獸形或與人類迥異的魔族，但幾乎都與人類近似，甚至有些怎麼看都是人類。

其中一人，就是諾耶。她的外觀與人類一模一樣，但仍是貨真價實的魔族，且毫不突兀地融入了這座廣場。因此，即使澪幾個來到這裡，就外表看來也只是諾耶的同族，不會引起任何注意。

「沒什麼好奇怪的啦，我們魔族的祖先也是被逐出神界的神族呀……人類又是以神族為樣本創造的種族，當然長得像囉。」

據說魔族之中，有許多是在中世紀時與人類雜交而出生的後代；其中留在人界的，就成了吸血鬼或妖精。

相對地，另一部分則是將孩子帶回了魔界。由於這些孩子不是純種魔族，容易遭受歧視——而過去威爾貝特為首時的穩健派，就成了這些人的避風港。很快地，維爾達就住滿了這些人類與魔族的混血兒，而這些人之間彼此聯姻的情形也不少，一代代下來，外型與人類無異的魔族也就愈來愈多了。

「說起來——」諾耶笑著說：

「澪大人雖然有威爾貝特陛下的血統，可是也長得跟人類一模一樣呀。」

「…………對喔。嗯，也對……」

經諾耶這一提，成瀨澪再次想到……自己並不是普通人類的現實。

與其說她對這件事不太有實際感受或缺乏自覺……倒不如說是刻意避免往那裡想。即使被迫接受以為是親生父母的養父母在眼前遭到殺害、得知自己是前任魔王的女兒等現實——

……可是。

儘管普通人的生活自從養父母遇害那天起就消失無蹤——成瀨澪依然認為自己屬於人類，這是來自她與養父母生活的點點滴滴。雖然那些珍貴的日子已經回不來了，仍舊是構成現在的成瀨澪的重要財產。

如今，自己再一次得到了重要的事物；刃更完全將澪視為人類，萬理亞也不強迫澪必須擁有身為魔族的自覺；柚希和胡桃並不將她當成敵人，學校也有相川或榊等好朋友在。有他們相伴的日常生活，對現在的澪而言比什麼都還重要。

……沒錯。

我再也不要失去現有的日常生活，我就是為了這件事才來魔界的。

我要和刃更一起，以人類——成瀨澪的身分活下去。

第2章
交纏的思慮中

一行人順著諾耶的引導向東走，來到市場商店羅列的一角。

和大家一起走在不輪廣場的熱鬧群眾中之餘——

「……………」

野中柚希默默地保持對周圍的警戒。

——她是能選擇和胡桃及萬理亞一起留在城堡裡，但這樣會讓刃更和澪獨處。這裡是魔界，周遭全是魔族；儘管諾耶和克勞斯都說沒問題，一旦刃更的真實身分曝光，一定會引起大騷動，說不定還會遇上生命危險，戰力自然是愈多愈好。

……不過。

在魔素濃厚的魔界，「咲耶」連一半的力量都使不出來，頂多是在佐基爾的宅邸中戰鬥時那樣，能得到的護祐說不定更少。

刃更用的是魔劍布倫希爾德，澪有魔族血統，潔絲特就是魔族；受克勞斯之命帶澪遊覽的諾耶，應該也有相當戰力。這麼一來，所有人當中最容易拖累大家的就是柚希。只是，即使潔絲特和諾耶都是戰力，但不一定可靠——在無法確定她們會幫助我方的情況下，柚希還是同行的好。這是和刃更跟澪討論後所下的決定。

……而且，讓刃更和澪獨處很危險。

這主要是另一個意思。假如他們回來後，澪的臉不知道在紅什麼，或是侍女服沒扣好、內褲失蹤了之類的，教人怎麼受得了。

　雖然有潔絲特和諾耶在，多半不用擔心這個，但凡事都有個萬一，還是自己盯著最妥當。於是柚希集中精神，一秒也不鬆懈地盯，結果走在前頭的諾耶尷尬地轉過身來，說：

「……那個，柚希小姐？」

「什麼事？」

「妳是勇者一族，會這樣緊張兮兮也是難免……可是如果發出這麼緊繃的氣息，反而容易引人注意喔。要保持笑容，盡可能地保持笑容喔。」

「……知道了……笑笑。」

「用嘴說有什麼用啊！而且根本沒表情，還念得一點感情也沒有！」

「好啦好啦。」刃更笑著制止立即吐槽的諾耶。

「柚希啊……諾耶說得沒錯，如果太過緊張反而顯眼，肩膀放鬆一點吧。」

「……對不起。」

「不需要道歉啦……有妳跟來，讓我們放心很多了耶。」

說完，刃更將手一把按在柚希頭上。刃更溫柔的笑容和關心，讓柚希感動得牽起他的手

——

「刃更——……」「——給我等一下。」

第2章
交纏的思慮中

澪一見到柚希靠近刃更把臉湊上去就火速阻止。

「拜託喔……妳沒事在大馬路上演什麼吻戲啊？」

「…………嘖。」

「嘖妳的頭啦！妳以為妳有機會嗎！」

澪抓住刃更的手拉離柚希。

「各、各位，請看這邊～！」

旁觀這一切的諾耶高舉一手說：

「那間花店在維爾達城裡很有名，城裡很多花花草草都是來自這裡喔！」

多半是擔心她們再吵下去會引來周圍側目吧，她將高舉的手向下一甩，直指前頭路邊的店鋪。

「是喔——原來王宮也會用這種街坊的花店啊。」

「對呀……因為，老闆和威爾貝特陛下好像是老朋友喔。」

聽見刃更的感想後，確定話題轉變成功的諾耶鬆了口氣似的點了點頭。這時——

「嗯？這不是諾耶嗎……怎麼，又溜出城買零嘴啊？」

店旁走出一個魁梧得和花店很不相稱、穿著圍裙的男性。這話似乎引起了諾耶的不滿，慍慍地噘起唇說：

「才不是呢，今天我是帶新人出來熟悉環境的～！」

「這樣啊，這幾個的確是挺面生的……想不到，連妳也開始帶起新人啦，看來城裡人手不足的問題真的是很嚴重喔。」

男性魔族看著刃更幾個說。

「老、老闆你怎麼這麼沒禮貌啊……小心我跟負責進貨的人告狀，把你們從合作名單上踢掉！要道歉就趁現在喔，奧提加先生！」

「哈……妳哪有那種權力啊？」

「不用恥笑得這麼認真吧！我真的去說喔！」

這個名叫奧提加的男性對惱火的諾耶「哼」了一聲後，看著澪說：

「話說——這位小姐，是威爾貝特的女兒吧？」

「——虧威爾貝特費了那麼大功夫把人送到人界去，怎麼那群傻子還把人叫回來啊。」

奧提加的話引起一股令人屏息的緊張，周圍氣氛霎時凍僵。

……為、為什麼？

成瀨澪一時間有些驚慌。除了想從澪身上抽出威爾貝特力量的拉姆薩斯，以及希望讓澪

第 2 章
交纏的思慮中

成為新魔王的克勞斯之外，原來還有奧提加這樣想法與澪相近，期望她保有原來生活的人在。這雖讓她很驚訝——但問題不在那裡。為了避免騷動，澪受邀來到魔界的事，一般人是不會知道才對。

消息是從哪洩漏的？刃更和柚希立刻採取行動，一前一後地站到澪身邊，將她與奧提加隔開。

「——你是怎麼知道的。剛聽諾耶說，你是有機會出入城堡的人嘛？」

被刃更眼神凌厲地這麼一問，奧提加不耐地搔搔後頸回答：

「少對花店老爹這麼兇啊，小鬼——放心吧，我不是聽來的。」

「……那你怎麼會知道？」

奧提加瞇起眼回答澪說：

「對喔，妳應該不知道她的長相……妳跟雅雪小姐，長得真的很像。」

「雅雪……是指我的媽媽嗎？」

「是啊。不只長得像，眼睛的顏色也和她一樣。」

澪一直以為養父母是親生父母，與他們共度的時光和記憶太過強烈，讓她從來沒多想親生母親的事，只知道名字，以及——

「…………她生下我不久後就死了吧？」

奧提加對低聲這麼說的澪點點頭。

「對，這妳已經知道啦？」

「嗯，萬理亞——來保護我的那個女生告訴我真正的身世時一起說的。」

「…………………」「…………………」

聽了澪的話，已經知道這個事實的刃更和柚希不發一語；但那和之前的無言不同，是顧慮到澪的心情。這讓澪心懷感謝的同時——

……親生母親啊……

至今的雙親其實是養父母，親生父親還是魔王——

澪是在養父母遭到佐基爾殺害，並脫離險境後，從萬理亞的諸多說明中得知這些事實的。而當時澪提出的問題中，自然也包含了她的生母。

而她也因此得知，過世的不只是生父威爾貝特，母親死得更早——在生下澪後不久就撒手人寰了。

「——可是老闆，您怎麼會這麼清楚雅雪殿下的長相呢？」

一直保持沉默的潔絲特忽然開口。

「雅雪殿下雖然有魔族血統，但我聽說她是在人界長大，人類血統濃厚；澪大人的外表會和人類相同，就是受到她的遺傳吧。雅雪殿下在認識威爾貝特陛下後與他相戀、懷了澪大人，後來定居在這個世界。」

可是——

「據說威爾貝特陛下是純正高階魔族，與魔族血統稀薄又在人界長大的雅雪殿下身分差距太大，有不少人強烈反對他們結婚。為了不給激進派或保守派找碴的藉口，只好讓她隱居在城堡的孤塔，不僅沒有肖像畫，就連照片也沒留下一張，城內知道她長相的只有極少數人——那麼，您是怎麼知道她的長相呢？」

「——就是因為她過的是那種生活。」

對於潔絲特的問題，奧提加放低語調——

「儘管威爾貝特每天都分配不少時間和她相處，可是她在塔裡過的生活還是和軟禁沒什麼不同。對她來說，從我們店裡送去的那些花大概是僅有的樂趣之一吧……所以她透過威爾貝特拜託我教她培育或照顧美麗花朵的方法，之後我就時常到那裡去了。」

並遙望遠方似的對著天空說：

「她真的是個好女孩……生活不自由也從不抱怨，總是笑得比我精心照料的花還要燦爛；即使不受旁人祝福，只要能和威爾貝特在一起、待在他身邊、懷他的孩子——也就是妳，就心滿意足了。」

「…………這樣啊。」

對於自己是魔王的女兒，成瀨澪依然覺得不怎麼真實，所以在城中接受傭人和士兵的歡迎時，才會不知該作何反應。

這不是當然的嗎？這麼多年來，養父母都守著彼此沒有血緣關係的祕密，會認為養父母比見也沒見過的親生父母更親，本來就是很正常的事。

——而澪自己也認為，這沒什麼不好。

因為根本沒必要改變想法。由於身為魔王的生父在臨終前將他的力量過繼給澪，澪才會成為爭搶目標，導致養父母慘死；直接奪去澪的安穩日常的人是佐基爾沒錯，但威爾貝特也有間接責任，而且還不能找已經過世的他抱怨。他和他太太的事，實在讓澪沒什麼感覺。為養父母報仇——在遇見東城刃更前，那就是成瀨澪的一切；再說現在來到魔界，主要是為了解決澪體內威爾貝特的力量，所以即使聽了生母的故事，也沒有激起澪任何特別感觸，但她還是——

「…………謝謝你告訴我媽媽的事。」

「雖然不知道她的長相，不過知道自己跟媽媽長得很像，會讓妳覺得高興嗎？」

奧提加的問題，讓微微低下頭的澪苦笑著說：

「到底高不高興，我也不太清楚…………畢竟對於這個親生母親，我除了名字以外什麼都不知道——至少，能夠多知道一點，我覺得是好事。」

聽了澪的想法，奧提加低聲回答：「這樣啊。」這時——
「那個，奧提加先生……澪大人的事請您千萬要保密喔。」
諾耶看對話告一段落後插嘴說：
「假如讓人知道事情是從您這邊傳出去的，我帶澪大人他們來這間店的事就會曝光，就我的立場來說一定會死得很難看。」
奧提加聽完「哼」了一聲——
「少擔這種不必要的心，哪邊涼快哪邊去——再待下去會妨礙我做生意。」
然後結束對話似的轉過身去，就這麼消失在店裡。

4

現在——諾耶帶領眾人逛了市鎮一圈後。
「——好，最後就是要在這間店喝杯茶才算圓滿喔。」
她再度回到雅德別廣場，來到一間咖啡廳前。這裡具備能夠飽覽廣場的露天展望台，是個男女老幼都喜愛、擠滿客人的名店。刃更幾個跟著諾耶在櫃檯前排隊時，潔絲特將店裡掃視一遍。

「怎麼啦，潔絲特？」

「……刃更先生，您請慢用，我在外面等就好。」

對刃更行個禮後，潔絲特就轉身離開咖啡廳。

接著她往店後的陰暗小巷走去。

……到這裡就安全了吧。

店裡有幾個潔絲特最好別碰面的人在。現在自己不是一個人，還有刃更幾個，不能讓自己的問題造成他們的困擾。來到沒有人的地方後，潔絲特嘆了口氣，整張背重重靠到店牆上。這時——

『…………………』

有個東西離開巷裡暗處，出現在潔絲特面前。垂著長長的耳朵，樣子像小貓，但額頭上有根小小的角——是獨角獸的幼崽。

沒有項圈，不像是誰家的寵物；不是為了覓食而從森林闖進市區，就是被群隊趕出來了吧——無論如何，牠還沒大到能夠獨立生活。

『——————』

小獨角獸抬頭看了看潔絲特，並小步跑到她腳下聞聞鞋子的氣味。看見牠親近人的模樣

——

「這裡不是你該來的地方啊……可是你也沒地方能去吧。」

潔絲特稍微蹲下，摸摸牠小小的頭。小獨角獸也開心地瞇起眼睛，和她的手玩了起來。

潔絲特見到牠，不禁心想——這孩子和我一樣。

——儘管佐基爾在樞機院中力量最低，但仍是統管現任魔王派的當權者之一。

潔絲特被創造為他的屬下，過的也是屬下的生活；在她差點被主人佐基爾殺害時，拯救她的卻是刃更這個敵人。

刃更不只救了潔絲特的命，還為無處可歸的她找尋出最佳的處理辦法，然後和穩健派交涉，給她一個新的安身之所；自願照顧潔絲特的雪菈，也對她非常地好。

這一切都那麼地令人感激，對刃更的謝意怎麼說也說不完。

……可是。

潔絲特偶爾仍會這麼想——自己是不是不該待在這裡。

但想歸想，現在的她也沒有其他地方可去。

……不對。

其實，她還有個人可以依靠，只是自己沒有那麼選擇。於是——

「…………刃更先生。」

潔絲特悄悄念出他的名字。

——投靠穩健派後，潔絲特沒有一天不想他。

不僅如此，「好想待在他身邊」、「好想服侍他」之類的想法與日俱增，停也停不住。穩健派的使者來到東城家那天，刃更告訴潔絲特要是怎麼了，隨時歡迎她回來這個家，但她無法這麼做。

……因為。

假如真的去了東城家卻遭到拒絕，無法待在他身邊——到時候自己就真的無處可去了。

——所以雪菈讓潔絲特負責照顧刃更時，她真的高興極了。

再見到他、聽見他叫喚自己的名字時，淚水幾乎奪眶而出。

……可是。

潔絲特不能和他在一起，因為東城刃更認為潔絲特應該待在穩健派；他與澪、柚希、萬理亞或胡桃相處時，不時對她們露出的關愛目光，恐怕永遠照不到潔絲特身上。

「…………就算這樣，我還是——」

潔絲特抱膝蹲下，小獨角獸也為她擔心似的舔舔她的手。

保持這個姿勢不動一會兒後——

「——喂喂喂，妳在那裡幹什麼？」

第 2 章
交纏的思慮中

通往大街的小巷入口處傳來粗魯的喊聲。潔絲特抬頭一看，發現站在那裡的是讓她決定不進咖啡廳的那幾個人。

那四個身穿藍色鎧甲的男子，是這街區的衛兵。都為了避免和他們碰面而離開咖啡廳，放棄和刃更幾個喝茶的機會了——

……應該要再躲遠一點的。

在潔絲特為自己的判斷感到懊悔時——

「這衣服……是城堡的侍女吧？沒記錯的話，應該是——」

一名探頭往巷子裡看來的衛兵注意到潔絲特的長相，他身旁的衛兵也點點頭說：

「對喔——這個女的就是上面收留的那個佐基爾的屬下嘛。」

他們看潔絲特的眼神也在這一刻大幅降溫。

「喂，當過現任魔王派走狗的人在這裡鬼鬼祟祟地做什麼？是想從這裡偷偷把客滿的店炸掉嗎？」

「…………不是。我是上街辦事，在這裡休息一下而已。」

「一個人躲在這裡休息？」

聽了他的懷疑，另一個衛兵譏笑說：

「我說古倫啊，應該不是『一個人』，是『一隻』才對吧？」

即使受到衛兵們極為輕蔑的目光，還有言詞的侮辱，不過——

「…………」

潔絲特仍然默默承受下來。沒什麼好驚訝的，從穩健派衛兵的角度而言，本來就不會對曾經是現任魔王派幹部的潔絲特有好感，像刃更這樣會為敵人著想的更是少之又少。但也由於刃更是這樣的人，潔絲特才會對他懷抱無法如願的感情。

「上面那些人怎麼會做這麼蠢的決定啊，偏偏收留一個敵軍的特大號人渣養出來的性奴是怎樣？」

「說不定就是這樣才好啊。要是玩膩了服侍自己的女僕，那些大人物不能上街上的妓院，更不能把妓女叫來城裡，有不同口味的能玩當然好啊，就算是二手貨也沒差啦。」

「有道理……所以上面是找到了一個耐玩的玩具吧。」

滿口侮辱的衛兵朝潔絲特看來的眼神愈來愈齷齪，並肆無忌憚地在她身上遊走，最後停在某個地方。釘住他們的視線的，就是與刃更分開的期間對他朝思暮想，漲得就連穿上侍女服也能一眼看出成長差距的巨乳。

甚至在城堡內重逢時，刃更也忍不住看了一眼，不過當時潔絲特一點也不厭惡——反而還很高興；但現在，只覺得噁心得令人想吐。

「——喂，也讓我們爽一下好不好？」

第②章
交纏的思慮中

名叫古倫的衛兵這麼說之後，其他人也看了看彼此並賊笑起來步步逼近。見狀——

「……快走吧。」

潔絲特輕推一旁小獨角獸的背，讓牠先躲進巷子另一頭，再與眼前的衛兵們對峙。

「…………」

「妳那是什麼眼神……妳在城堡裡常常在服務上面那些人吧？」

對這些一臉下流笑容的衛兵，潔絲特一句話也不說。

……會被人這樣想也是沒辦法的吧。

佐基爾的好色在魔界是出了名的，沒多少人能與他相比，也難怪別人會把為他效命的潔絲特，認定是被當成他那方面的對象。但實際上，佐基爾創造潔絲特時設定了貞操是力量來源的體質，所以從來不曾要求潔絲特與他行男女之事。雖然不知他有何用意——

……不過。

現在倒很感謝他這麼做。假如遭到佐基爾染指——自己一定會詛咒他一輩子。不曾被任何人碰過這件事，對現在的潔絲特而言是極為重要的希望。潔絲特難得得到在刃更居留魔界時照顧他的任務，所以在這期間，哪怕是一時興起或開玩笑也無所謂——都希望刃更能把她當女人看待。

這剎那間的幸福將會成為潔絲特最珍貴的回憶，扶持她繼續走下去。

所以，不能被眼前這些衛兵任意糟蹋。

……可是。

自己是在刃更的幫助下來到穩健派、成為雪菈的屬下，假如在這裡惹出什麼事情，可能會給他們添麻煩——這是更不能允許的事。

「…………………！」

「對啦對啦，像這樣乖乖聽話就對了。女僕這種東西，本來就是用來做這種事的嘛。」

一名衛兵大膽地將手伸向忿恨咬唇的潔絲特。

即使隔著衣服，因為思念刃更而長大的胸部就要被別人先摸了——但在那之前——

「——能請您適可而止嗎？」

『——————！』

有隻手隨著這話從旁伸來，緊抓住衛兵的手臂。

這突發狀況不只讓手被抓的衛兵嚇了一跳，其他人同樣一陣錯愕——

「……刃更先生！」

連潔絲特也驚訝得睜圓雙眼。潔絲特思慕的對象——東城刃更出現在她身旁，並向她使個眼色後——

「她是雪菈大人底下的侍女，如果對她亂來，可是會遭到很嚴厲的處分喔？」

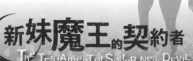

第2章 交纏的思慮中

在擋住她的同時以客氣口吻對衛兵們這麼說。多半是顧忌身分暴露節外生枝，便順著這身變裝的執事服，用傭人的方式打發他們吧。其中一名衛兵恢復鎮定後說：

「你是什麼東西……這女人的同伴嗎？」

「是的。她是我重要的同伴……對她不尊重，會造成我們的困擾。」

被抓住手的衛兵粗暴地甩開笑咪咪的刃更，說：

「小小的傭人少廢話……滾一邊看著吧。只要乖一點，等等也分你玩一下。」

見到衛兵「哈！」地一笑又轉向潔絲特，刃更深深嘆息。

「……沒辦法。」

當刃更在潔絲特眼前如此呢喃的瞬間——衛兵整個人騰空了。

刃更做的，是類似合氣道的招式。

他迅速抓住士兵手腕向下一扯，再順對方重心用力擰扭——結果那個想侵犯潔絲特的衛兵就在空中轉了一圈。

雖能直接帶潔絲特逃離現場，或是大聲喊叫引起街上行人注意，但刃更選擇動用武力自然有他的原因。

——因為這樣才能從根本解決問題。

他們是講道理也固執不退的人，假如跑了這一次，下次潔絲特再被他們遇到，多半只會重演舊事。為了不再有下一次，必須讓他們對自己的行為徹底反省。

因此，當衛兵由背落地而呻吟時，刃更再將他抓住的手往肩關節反方向一拉、一扭，喀喀連續兩聲，讓他肩跟肘關節都脫臼了。

「！！呃啊啊啊啊啊啊啊啊啊啊！啊啊啊啊啊啊啊啊！」

刃更再往地上蠕動哀號的衛兵臉上毫不留情地一踢，這橫向衝擊又拆了衛兵的下巴，原先尖銳的慘叫變成一團含糊。接著——

「堂堂的軍人……不要被小小的傭人拆掉幾個關節就叫成這樣好嗎？」

刃更低眼瞪著那衛兵，故意刻薄地取笑他。這不只是要挫他的銳氣，也是為了讓其餘三人心生恐懼，希望他們這樣就能識相走人——但世事果然不盡如人意。其中一個確實是已經嚇得腿軟，剩下兩個卻拔出了劍。對此——

……還是別拿布倫希爾德出來的好。

最好是讓對方從頭到尾以為自己只是一介執事。如果輸給傭人，回營後多半沒臉告訴其他衛兵。

「臭小鬼少囂張！」

第2章
交纏的思慮中

見到前方衛兵拔劍斬來，刃更只是向一旁側身避開。巷子這麼窄，為了不讓劍鋒擊中石牆，劍路必然受限；如果只是一時激動亂揮，那更是單純。

「太明顯了吧——哼。」

刃更一晃身就探進他胸前，左肘朝斜上掃向對方下顎。

這一擊打得不偏不倚，來自下方的衝擊讓上下齒列敲得鏗然一響。

「————」

腦部受到震盪而失去意識的衛兵當場傾倒——刃更再朝他胸口補記前踢，使他整個人撞上另一個拔劍的衛兵。

「！……走開啦，白痴！」「——你才白痴。」

一旦動作停了，下場就是這樣。當對方稍微亂了陣腳時，刃更往左右牆面一蹬跳出對方視線並凌空縱翻，右腳跟直接在衛兵腦門上踹出衝擊和「叩滋」的悶響，然後收回右腳放下著地。硬生生捱了一腳的衛兵兩眼一翻，慢慢向後倒下。

總算解決了。當刃更這麼想而吐氣時——

「————？」

下個瞬間，又把氣抽了回來。因起初的威嚇而軟腿的士兵向刃更伸直雙手，張開了魔法陣。這裡地形狹窄，旁邊是擠滿人的店，而他們還是衛兵身分——還以為他們會有所自覺，不使用魔法以免波及周遭建築或其中的民眾呢。大概是逼急了，失去判斷力了吧。

「混帳東西……！」

再差勁也是軍人啊，怎麼能——為了在魔法發動前打倒他，刃更往地面一蹬。

——但已經沒有這個必要了。

因為刃更動身前，衛兵張開的魔法陣已經消滅，而且——

「啊……唔……啊啊……！」

企圖施放魔法的士兵現在是癱在地上，恐懼扭曲了他的臉孔。

為何會發生這種事，東城刃更自然心裡有數——於是他沒轉身就對背後說：

「冷靜點，潔絲特——殺他就太過分了。」

「……可是這些人想要殺您啊。」

從她摻雜怒氣的冰冷聲音中，能感到S級的潔絲特真的起了殺意。回頭一看，潔絲特張開了多重魔法陣；這種東西一旦發動，不曉得這附近會變成什麼樣。所以——

「不用擔心我。我要做的是讓他們不敢再找妳麻煩，不代表——要殺了他們。妳沒必要做這種事，讓自己變得和想殺我的這些人一樣。」

聽刃更這麼說，潔絲特才慢慢消除魔法陣。

「…………我知道了。我會……聽從刃更先生的吩咐的。」

第2章 交纏的思慮中

「對不起喔。先出手的人還說這種話。」

刃更抱歉地苦笑著對潔絲特這麼說之後，低頭查看地上的士兵。那是想侵犯潔絲特而被刃更抓來狠狠教訓，警告其他衛兵不要再亂來的那一個。

「唔……啊……呃……唔嗚……——？」

苦悶呻吟的衛兵察覺刃更的視線，表情隨之凍結。

「放心吧，我只是卸開你的關節，沒有傷到神經。你現在覺得痛，是自己在地上滾動壓出來的，回營讓醫生看看，應該就能把關節完整接回去了。」

「喔……啊……？」

「真的。如果知道錯了，就不要再做這種事。要是再被我抓到，我一定不會饒你——就算潔絲特要宰了你們，我也沒意見。」

「唔……唔……！」

看見衛兵不停點頭，刃更說聲：「好。」也點點頭。

「我們走啦。其他幾個醒來以後，記得把我的話告訴他們。走吧。」

刃更說完就牽起潔絲特的手，走向小巷另一端。

如果從進來那一端走上大街讓路人看見了，打趴士兵的事就可能傳開。現在要盡量隱匿行蹤，鑽小巷多繞點路，遠離現場再回大街比較妥當。

拐了幾個彎後，刃更忽然停住，因為有些事必須在返回咖啡廳前告誡潔絲特才行。所以——

「潔絲特，怎麼妳遇到那麼過分的還不——」

帶著責備言詞轉身的刃更，忽然說不下去。

因為潔絲特抱住了他——緊抓不放似的擁抱。

「……………不好意思，麻煩您……暫時忍耐一下。」

將刃更抱得更緊的潔絲特，身體微微發著抖。

……這也難怪。

東城刃更明白了。即使受到證人保護般的安置，曾屬於現任魔王派的潔絲特，在穩健派中的立場本來就複雜得多，容易面臨各種難題；一旦惹上麻煩，將頓時落入艱困處境。因此，潔絲特是為了維持自己現在的處境，才會忍受衛兵們的暴行。

「妳很害怕吧……不過，已經沒事了。」

刃更也抱住潔絲特，摸摸她的背安撫她。

——據說潔絲特雖然身為那個佐基爾的屬下，卻與他沒有任何肉體接觸。

這對她是件幸運的事沒錯，不過這也表示她身心必然缺乏對那方面行為的免疫力或抵抗力；況且她還時常近距離目睹佐基爾的種種淫行，對那種行為會抱持生理上的厭惡並不奇怪。儘管如此，潔絲特還是忍受了衛兵的行為。

……因為潔絲特責任感很強吧。

或是害怕惹出問題，會使得責任追究到監督她的雪菈和將她託付給穩健派的刃更身上，才咬牙忍耐。

於是，東城刃更直接將話送進她耳裡似的說：

「潔絲特——妳是女孩子，可以答應我，以後要更珍惜自己嗎？」

被刃更抱在懷裡的潔絲特，聽見了難以置信的話。

刃更說她是「女孩子」，為她擔心。接著——

「我對剛才那些人出手……是因為他們硬要對妳做女孩子最討厭的事。」

「…………………！」

在刃更懷中，潔絲特的呼吸不禁停了下來。

……糟糕……！

稍微一不小心，眼淚就要掉出來了。沒想到不只是澪她們——潔絲特也受到刃更的關愛。或許那不足以與澪她們相提並論，但現在刃更確實就在潔絲特身邊，擁抱著她。

而且注視著她——為她設想。

「那時候，我看妳那樣子忍耐……該不會，妳從過來這邊到現在，也常常遇到那樣的事嗎？」

潔絲特在為她擔心的刃更懷裡搖搖頭回答：

「……沒有。我都跟在雪菈大人身邊，平常是待在城裡。」

「那城裡有人會對妳做那種事嗎？」

「沒有……因為雪菈大人對我很好。」

「——真的嗎？」

「真的——我還沒被男人碰過，請您一定要相信我啊，刃更先生！」

潔絲特被刃更問得愈來愈惶恐，緊張地否定。

誰誤會她都沒關係，唯有刃更千萬不行。

潔絲特會發抖，就是身體差點遭到刃更以外的男性碰觸的緣故。

「像這樣抱我的，刃更先生您也是第一個……」

「這、這樣啊……沒事就好。」

也許是因為反應激烈，刃更總算是相信了。一這麼想——

「————」

第2章
交纏的思慮中

潔絲特就感到全身力氣忽然消失不見。

那是遭刃更誤會自己與其他男性有染的恐懼得到消解——讓從剛才一直繃到現在的緊張感在這一切斷裂殆盡的緣故。

「——喔？」

刃更迅速抱住幾乎軟腿倒下的潔絲特。

「妳還好吧……？」

「很抱歉……一想到刃更先生您願意相信我，力氣就突然——」

潔絲特試著想自力站穩，但腰腿不知怎地就是使不上力。

「對不起，刃更先生，真的很抱歉……我馬上站好……！」

明明最不想給刃更添麻煩還弄成這樣，急得潔絲特都快哭了。

「沒什麼好道歉的啦——嘿咻。」「啊——……」

結果刃更一轉眼就把動不了的潔絲特背了起來。

「不、不行啊，刃更先生……不能做這種事，請放我下來。」

自己才是該照顧刃更的啊。見到潔絲特驚慌失措，刃更苦笑著說：

「那怎麼行。我不是才剛說嗎——妳應該要更珍惜自己。」

「可是……！」

「如果是不想被別人看見，那我到巷口就放妳下來嘛。妳就試著讓我背一下，想想珍惜自己是什麼意思吧。」

刃更一這麼說背著潔絲特慢慢地走，然後——

「……偶爾依賴一下別人其實也不錯吧？」

聽刃更笑笑地這麼說，潔絲特彷彿不能容忍這種玩笑似的抗議：

「我的工作是負責照顧刃更先生您，現在被您反過來照顧，我怎麼——」

「這樣啊。」刃更忽然低聲打斷她的話。

「既然妳不喜歡就算了——我也不想和那些人一樣，逼妳做不喜歡的事。」

然後乾脆地要把潔絲特放回地上。

剎那間——潔絲特忽然以為自己要被刃更冷冷拋開——

「我——不、不要！」

她緊緊閉上眼睛，下意識地緊抓刃更肩膀，害怕與他分開。

可是，經過長長十幾秒，發現刃更還是沒有放手後，潔絲特提心吊膽地睜開眼睛——

「啊——……」

然後忍不住茫然低聲驚呼。因為眼前，是刃更的憐愛表情。

和他不時在澪她們面前表現出的一樣。另外——

第②章
交纏的思慮中

……我剛剛……做了什麼？

那倉促間的反應，是原本就存在於潔絲特心中的，名為真心的真正想法。

……啊……

因此，潔絲特再也無法掩飾自己。她清楚地意識到，自己希望與東城刃更這名少年有怎樣的結果；而帶給潔絲特這種情緒，讓她心靈深處顫動不已的不是別人，就是刃更——所以潔絲特對刃更的感情頓時變得更為強烈。然而，對他這樣稍嫌強硬的作法——

「……我現在才知道，原來刃更先生您這麼壞心。」

潔絲特將臉頰輕輕貼上刃更的背，有點鬧彆扭地說。

刃更沒有回頭，朝前方苦笑嘆息。

「抱歉喔……現在的我需要保持這一部分。」

但聲音忽然嚴肅起來，背起潔絲特踏出腳步。

「刃更先生……？」

在刃更背上的潔絲特看不見他的表情，只感到某種莫名的不安而忍不住回問，卻因此聽漏了刃更最後的呢喃。

他以陰冷得駭人的聲音說：

「我絕對會保護妳們——無論要用什麼手段。」

5

「市區裡的衛兵也有這種人啊……」

在咖啡廳和澪幾個碰頭、返回城堡後。

聽了刃更和潔絲特在市區遭遇衛兵騷擾，諾耶表情變得鬱悶。

現在——讓掛念胡桃狀況的柚希先回去後，刃更和澪跟潔絲特一起來到維爾達城東邊的訓練場參觀。

正在操練的，是近衛騎士等穩健派中經過選拔的優秀士兵。

「城堡裡的士兵果然像樣多了呢……」

刃更看著操練中的士兵們說。

「那當然呀！在這裡的，全都是穩健派最自豪的騎士和見習騎士喔！」

諾耶說得沒錯，每一個看起來都是身手矯健。

可是——就算說客套話，這數量也算不上多。

當然，勇者一族和魔族的戰鬥或魔族間的戰爭，與用現代兵器填補身體能力不足的近代

第②章
交纏的思慮中

人界戰爭不同，關鍵在於力量強大的「個體」；在前次大戰中有戰神之稱的迅打垮了無數魔族、譽為最強魔王的威爾貝特以他無人能敵的力量統一魔界等歷史事實都是例證。現任魔王派核心是歷史悠久的激進派和保守派，且在雷歐哈特這面年輕英雄人物的旗幟下勢力急速擴張，也是個不錯的例子。

穩健派中有萬理亞、瀧川甚至露綺亞等A級到S級實力的戰力；威爾貝特的兄長拉姆薩斯能成為穩健派現任首領，可見實力也十分堅強，而且現在還有潔絲特在。即使現任魔王派的高階魔族或戰力相當的人較多，戰況也不會一面倒才對。

因此現任魔王派也會試圖避免過度消耗或損失戰力，不會讓戰局演變成全面衝突，畢竟異能者之間的戰鬥，重點不一定是數量。

——可是，那並不代表數量完全沒意義。

在雙方尖端戰力有限的狀況下，決定勝敗的次要因素依然是兵員多寡。

在有必要保護百姓的城鎮防衛戰中，兵員的重要性更是顯著。

因為就算有人能獨力殲滅所有敵人，也不可能保護所有同伴。

過去——威爾貝特仍是魔王的時候，為他的特質所吸引、贊同其理想等魔界各地的有能戰士都來到他麾下，讓穩健派成為魔界最大勢力，輝煌一時。這座維爾達城，就是其輝煌年代的象徵。然而「平息戰爭，共創魔界永久和平」——這個穩健派高唱的目標，是由於有最強魔王威爾貝特存在才可能達成的偉大理想；因此失去如此壓倒性的君主後，穩健派的士兵紛紛離開了維爾達城。起初，他們也曾盡上一切努力，試圖實現威爾貝特未竟的壯志，但這理想實在過於龐大、沉重，不是剩下這些人扛得起的。於是——

「所以後來就像收容那些和人類混血的人一樣，只好重新向外招募戰力——刃更他們在市區遇到騷擾，就是臨時抱佛腳造成的弊端啊？」

「真的很抱歉，澪大人……我會再向市區衛兵的主管要求他們徹底執行道德教育的。」

諾耶向一臉不悅的澪深深鞠躬致歉。為了對抗勢力持續擴張的現任魔王派，穩健派只好廣開門戶，為添湊足夠兵員而不惜招收各路三教九流的人物。這就是曾貴為最大勢力的穩健派的慘澹現況。

……結果就是，找澪來當作打破這種困境的王牌嗎。

無論是決心成為新魔王，還是釋出繼承的力量，澪的存在都能在穩健派中造成近似威爾貝特的影響力。想在保全市區人民的狀態下與現任魔王派戰鬥，多半只能利用澪這個威爾貝特的獨生女吸引過去的戰力或夥伴回來。很遺憾，穩健派現在就是被逼到這種地步。他們抱著怎樣的無奈，倒也不是無法理解就是了。

「…………………」

在刃更默默地組織滿腦子想法和情緒時，一輛馬車忽然從市區方向奔向城堡正門。白色

第2章
交纏的思慮中

車身上布滿豪華的金色紋飾和雕刻，大老遠就能看出那和刃更幾個所搭的不同層次。

仔細一看，露綺亞和她屬下的女僕們列隊站在正門前，白色馬車在她們面前停下。車夫開門後，一名男性魔族在露綺亞等人下跪恭迎中下車。

「那是……」

「！——」

站在刃更身旁的澪立即繃住身體，因為下車的男子，姿態與肖像畫中的威爾貝特相當神似。周圍士兵一齊停止訓練並下跪，諾耶和潔絲特也是如此。男性魔族注意到這邊的動作，遠遠地以視線作回應，接著——那視線轉向了澪和刃更。

……真糟糕。

刃更和澪都還穿著參觀市區時換上的執事和侍女服，說不定會被誤認為不知禮節的僕人。就在刃更不知該如何是好時，露綺亞在男性魔族耳邊說了些話，下個瞬間——

「——！」

東城刃更不禁抽了口氣。男性魔族只是遠遠朝這邊看了一眼——就發出了直達刃更的驚人壓迫感。

假如——他做出有意接近的動作，哪怕是只有一點點，刃更就會當場具現出布倫希爾德舉劍備戰吧。可是——

『————』

男子沒有進一步行動，不感興趣似的在露綺亞等侍女的跟隨下進了城堡。從他的壓力中解放後，刃更終於喘了口氣。

「…………！」

而一旁的澪則似乎是被那毫不留情地傾注的壓迫感完全震懾，細細顫抖著呆立不動。於是刃更摟著澪的肩——

「澪……不要怕，他已經走了。」

輕聲這麼說，澪跟著在他臂彎裡用力頓首。看著男子消失的城堡門口，刃更問：

「原本說是明天才會回來嘛——潔絲特，他就是這樣的人嗎？」

「……是的，刃更先生。」

對於刃更的問題，潔絲特點頭回答：

「那就是穩健派現在的主人——前任魔王威爾貝特陛下的兄長，拉姆薩斯大人。」

第3章　新的主從契約

1

經過一段漫長的時間，與樞機院議員的閣揆會議終於結束。

雷歐哈特回到自己的辦公室，召集幾個可以信賴的屬下，說明議場中樞機院要求的未來方針，以及對應的方法。

這個鋪上濃密紅色地毯，被高級擺設包圍的空間，散發著相稱於魔王辦公室的風格。雷歐哈特大致將閣揆會議的決定說明一遍後——

「要將剛挖出來的英靈投入實戰，攻打穩健派——這是真的嗎？」

召來的屬下中最先開口的，是副官巴爾弗雷亞。

「受不了……雖然不是第一天被樞機院那些天才命令搞得死去活來，可是這次也太讓人頭痛了吧。」

「——路卡，英靈的狀況怎麼樣？」

第3章
新的主從契約

回答雷歐哈特的，是一手拿著文件的年幼魔族少年。

「很抱歉……和昨天報告的一樣，封印是成功解除了，可是——」

名叫路卡的少年一臉歉意地垂下眼睛。

「我們在解除那些英靈與過去主人的契約上遇到一點困難，要和他們締結契約，還需要一點時間作調整。」

這時，一隻大手溫柔地按在路卡頭上。

「別難過……那些英靈是魔神戰爭時代的遺物，光是能連上那種古代兵器就很厲害了，不要那麼瞧不起自己。」

「加爾多……」

站在路卡身旁的魁梧男性魔族的安慰，讓他眼泛淚光地抬起頭。

「加爾多說得沒錯，你沒有什麼好自責的……也不需要操之過急。」

雷歐哈特說道：

「那麼——由你看來，還要多久才能和那些英靈重結契約呢？」

「四天……不，只要兩天，我一定辦得到！」

「我不是才要你別操之過急嗎。這幾天別說睡覺，你連好好休息都沒有過吧？能夠處理英靈的就只有你而已，要是你累倒就糟了。這關係到我們的重要作戰——不准感情用事。」

「既然陛下這麼說，那我更應該要儘快把英靈準備好才行啊。沒問題的……就算我倒下了，這座王城裡還有很多精通古代魔導技術的學者啊。」

「路卡……雷歐哈特陛下不是那個意思。」

「咦……？」

巴爾弗雷亞苦笑著指正，讓路卡睜圓了眼。

「這座城裡的確有不少熟知古代遺物或兵器的學者或技師，可是雷歐哈特能信賴並完全託付的，就只有你啊。」

聽加爾多也跟著解釋，巴爾弗雷亞點頭說聲：「就是這樣。」

「不想辜負自己受到的期待和責任是很好——可是你年紀再輕，也和我們一樣是雷歐哈特陛下的親信之一，應該沒有小到不懂陛下對你健康的關心吧？」

巴爾弗雷亞的勸告，似乎總算是讓路卡明白了雷歐哈特的用心。

「…………對不起。」

「沒必要道歉。在場每個人都很清楚，你已經盡了最大的努力。」

雷歐哈特眼神嚴肅地注視慚愧的路卡說：

「你是我的臣子，我不准你半途放下工作，把成果或戰績拱手讓人。我再問你一次，路卡——在體力能夠負荷的情況下，你還需要幾天才能讓我們和英靈重結契約？」

第③章
新的主從契約

「…………三天，請給我三天。到時候我一定會讓英靈做好重結契約的準備！同時我也會把英靈的肉體和靈子核修復並調整好，結下契約後只要做點簡單的測試，就能馬上投入實戰了。」

「知道了，我相信你的判斷……」

聽了雷歐哈特的話，路卡笑容滿面地答：「是！」加爾多跟著粗魯地摸摸他的頭，讓他噘著嘴抗議：「哎喲！不要把我當小孩子啦！」

看著眼角加爾多和路卡的互動——

……英靈已經有著落了，再來就是——

雷歐哈特思考著其餘的問題。

「再來——就是怎麼把樞機院那種亂來的攻擊命令正當化吧。」

這時，巴爾弗雷亞嘆著氣說道，端正的臉上浮現苦笑。

「儘管威爾貝特死後，穩健派的勢力和全盛期完全不能比……可是魔界各地仍有不少人對威爾貝特深懷接近信仰的感情。僅就戰力看來，我方無疑在穩健派之上——所以出兵之前必須要找個正當性足夠的『名目』，以免造成周圍地區反彈吧。」

巴爾弗雷亞說得沒錯。胡亂襲擊穩健派，容易被認為純粹是單方面的殺戮，惹來非議。戰爭爭的不僅是強弱或正義——背後還複雜糾結著各方對深層政治利益的覬覦。假如給人借題發揮的機會——至今保持觀察的其他勢力很可能會打著反旗異軍突起。

……可惡的老賊。

名列樞機院的那些生年久遠的高階魔族，甚至不將其他人與自己視為是同種生物；民眾對他們而言不過是提供娛樂的器具，死活根本不重要，只要自己高興就好。因此，一定要將這些人消滅殆盡。

……而且。

雷歐哈特深深相信，現在魔界無疑只有自己這群人能夠成就這個大任。

為此，雷歐哈特目前仍需要服從他們，以保住魔王的地位，但也不能因此完全讓樞機院稱心如意。

當雷歐哈特為名目加深思慮時——

「——能讓別人乖乖看我們攻打穩健派的理由，我倒是有一個。」

同樣參與了這場召集卻從沒開過口的人說話了。

那是佐基爾惹出問題後，成瀨澪的新一任監視者。

也就是潛入人界化名瀧川八尋，與成瀨澪上同一所學校的青年。

第③章
新的主從契約

「……什麼理由，拉斯？」

雷歐哈特蹙起眉問，拉斯跟著乾脆地回答：

「威爾貝特的女兒——成瀨澪，現在就在我們魔界喔。」

「——不會吧？」

拉斯對難以置信地睜大了眼的巴爾弗雷亞聳聳肩說：

「我說的可是事實喔……威爾貝特死後，穩健派一直為嚴重的戰力不足問題火燒屁股。那些人傷腦筋到最後，想到的辦法就是把成瀨澪找來魔界。雖不知最後是會把她當威爾貝特的正統接班人擁立她當魔王，還是只會把她繼承的力量抽出來用……總之就是要利用她找回以前的聲勢。」

所以——

「既然如此——我們只要利用他們這個想法就行了。穩健派想利用前任魔王的女兒和她繼承的力量再度統治魔界——只要說我們出兵是為了阻止他們謀反，就足以堵住其他勢力的嘴了吧。」

「原來如此……如果你說的是真的，的確有充分理由出兵。」

聽雷歐哈特若有所指地這麼說——

「哎呀陛下——您不相信下臣所說的話嗎？」

拉斯戲謔地回答。對於前次大戰同袍戰友的諷刺——

「拉斯，這裡只有我們幾個——少裝那麼噁心的語氣。」

「好啦好啦……所以，你還是不相信我嗎，雷歐哈特？這條情報的確是最高機密，連穩健派裡也只有極少數人知道，會懷疑也難怪啦。」

雷歐哈特對笑著這麼說的拉斯說：

「不，我相信你——你是穩健派送來我們這的間諜，會接到機密情報是很正常的事。」

雷歐哈特很早就知道，拉斯是穩健派送來的間諜。

要說多早——一開始就知道了。雷歐哈特是在知道可能後果的情況下接納了拉斯，而拉斯也是在知道可能後果的情況下成為雷歐哈特的屬下。拉斯在現任魔王派中的身分，是個前次大戰戰友雷歐哈特效力而離開穩健派的新人；對於穩健派，則是扮演順利混入敵營的間諜。這就是拉斯自願戴上的面具。

現在——知道拉斯真實身分的，就只有雷歐哈特幾個而已。

「……這樣好嗎，拉斯？」

雷歐哈特問道：

「你不是他們派來的間諜，還有護衛成瀨澪的任務在身。對於受穩健派教育長大的你而言，威爾貝特不是最為敬愛的人物嗎？」

第3章
新的主從契約

「還好啦……那都已經結束了。」

拉斯接聲「畢竟」，說：

「我已經親手宰了佐基爾，替大哥們報仇了……沒有義務再為穩健派多做些什麼。」

沒錯——雷歐哈特等人是由拉斯口中得知他殺了佐基爾。

雷歐哈特會在佐基爾的靈子反應消失後派遣巴爾弗雷亞調查，是因為事前和拉斯做過約定。雷歐哈特的目標是殲滅樞機院的老賊——而佐基爾是其中之一，且有許多拉斯當作哥哥姊姊般敬重的人們，都死在他手下；於是兩人約定，當時機一到，要讓拉斯親手了結佐基爾。因此，當佐基爾的靈子反應消失時，雷歐哈特第一個想到的就是拉斯已經成功報仇——之後也得到他的親口證實，表示他已經完成了最大的目的。所以——

「我不是說過了嗎，從今以後，我會繼續幫你清理那些害蟲——那些跟佐基爾沒差多少的人渣，別擔心嘛。」

拉斯的話裡沒有謊言的氣息，可是——

「……那可不一定。」

雷歐哈特說：

「拉斯……你會替我做事到現在，是因為想除去那些老賊的我，正好可以幫助你達成親手殺死佐基爾的目的吧？而你也達成了這個目的——那麼，你真正沒有義務再幫下去的，是我才對吧？」

難道不是嗎？

「就事實而言——你選擇的是和迅・東城的兒子合作殺死佐基爾，而不是我。這麼一來，以後繼續和他合作，應該是比較自然的結果吧？」

「我不是說過了嗎，我又不是覺得他比你好才選他的……」

拉斯嘆口氣，然後壓低聲音說：

「那只是因為——假如我坐視不管，東城刃更恐怕會真的把佐基爾殺了，我多年來的計畫也會跟著泡湯，所以為了親手宰了佐基爾才只好跟他合作的啦，就這麼簡單。」

「迅・東城的兒子有這種能力嗎？」

巴爾弗雷亞懷疑地說：

「佐基爾侯爵老歸老，過去人稱『劍王』的他仍有相當實力；而這個叫做東城刃更的少年……從你的報告看來，他並沒有足以正面打倒佐基爾的實力吧？」

「是沒錯啦，那傢伙的實力的確是壓不過佐基爾，但是我就是覺得……就算我不幫他，他也一定會救出成瀨澪，打倒佐基爾。」

拉斯認真的語氣，讓雷歐哈特等人自然地沉默不語，接著——

「再說——能夠殺死佐基爾的機會就這樣從天上掉下來了耶，我怎麼可能放過啊？」

第3章
新的主從契約

拉斯又苦笑著說。

「好啦，反正就是這樣，不需要自己亂想些有的沒的啦。別擔心，大戰剛結束的時候，有人拜託過我，要我好好照顧你呢。」

「？誰會拜託你那種事——」

「——就是莉雅菈殿下啊。」

聽拉斯即刻這麼回答——

「姊姊大人她……？」

雷歐哈特顯得有些訝異。

「被那種笑臉拜託，有誰拒絕得了啊？有需要的話，派我帶英靈去打穩健派也行喔；反過來說，如果真的信不過我要我離開，我也會乖乖走人就是了。」

「都沒有必要，你的好意我心領了。」

拉斯的提議，讓巴爾弗雷亞嘆口氣說：

「從大戰到現在認識了這麼多年，我當然是相信你的——只怕萬一讓你帶走英靈或是趕你出去，結果你又回去幫穩健派而已。畢竟我和雷歐哈特陛下都曉得，你是個多麼麻煩的人物。」

「哎呀，這樣喔？」

當拉斯為這話「呵」地聳肩一笑時——

「——英靈就交給我吧。」

以低沉聲音這麼說之後，那令人不禁仰首的巨漢向前一步——是加爾多。

「巴爾弗雷亞身為副官，要盡量避免遠離雷歐哈特，既然拉斯也不行，那剩下的就只有我了吧。」

「…………對不起，加爾多。」

雷歐哈特垂著眼，對自薦的較年長男性魔族說：

「原本該成為魔王的是你——不，是您才對。」

與雷歐哈特相同世代的高階魔族加爾多，是樞機院那群老人以外的保守派中，實力和血統被認為最有資格成為魔王的人物。

可是，為了改變保守派、激進派過去的形象，並強調魔界此後將是全新時代，樞機院的老人們還是選了雷歐哈特。

——而加爾多也毫無異議地遵從了這個決定。

並且自願成為魔王的直屬部下，輔佐雷歐哈特。

如此無私的男子嘴邊漾起微笑，說：

「別在意，我來這裡是為了助你一臂之力。你是想重新改造這個就連威爾貝特也無法完全清理的世界，結束權力依然集中於樞機院的狀況吧，那我當然很樂意幫你。」

「加爾多……」

路卡擔心地看來，加爾多又摸摸他的頭。

「等路卡調整好英靈，我就立刻向維爾達城出兵——可以直接打下來吧？」

「那當然，最好讓他們再也沒能力作怪。」

雷歐哈特點點頭這麼說之後，巴爾弗雷亞也「沒錯」地補充道：

「可以的話，直接解決掉他們現在的首領拉姆薩斯，別讓他逃了。他身為威爾貝特的兄長，似乎吸引了部分民眾的支持；如果沒了他，穩健派就會徹底瓦解了吧。」

「知道了——那威爾貝特的女兒怎麼辦？」

短短思索幾秒後，雷歐哈特以冷靜的聲音回答加爾多說：

「盡可能把她活捉回來。為了得到足以對抗樞機院那些老賊的力量，我是還是希望按照原訂計畫，有效利用她繼承的威爾貝特的力量。那絕對值得我們這麼做。」

2

即使拉姆薩斯回了城，澪幾個也沒有回到起先帶到的那個狹小房間。

不難想像。這是克勞斯多方斡旋的結果。

豪華餐廳中滿桌的浮奢晚餐——也都配合在人界成長的澪和刃更等人類的口味，經過各種細心的調味和處理——一同進餐的克勞斯和雪菈，以及負責侍應的潔絲特和諾耶，還替每一道菜做了詳盡的介紹。在這樣的款待中——儘管拉姆薩斯已經回城，但整場晚餐下來，他也不曾現身。

——而晚餐結束後大夥各自回房、過了一個小時左右的現在。

成瀨澪在柚希、萬理亞和胡桃的陪伴下，出現在充滿溫暖池水和空氣的空間中。

一絲不掛才合乎禮儀的這個空間，正是女性賓客專用的大浴場。

這個瀰漫稀白蒸汽的大浴場，是以大理石般的石材打造而成——如此氣派的寬廣施作，令人有如置身於高級飯店或老字號旅舍。

……難得在這麼棒的地方洗，少了刃更真是可惜。

第③章
新的主從契約

否則就能向這座城裡的人宣告自己是屬於什麼人的了。

表示自己努力求生不是因為自己是前任魔王的女兒——而是為了陪伴心愛的人。

可是，刃更擔心無端刺激穩健派魔族而苦笑著拒絕，澪只好死了這條心。現在——澪就坐在牆邊清洗區的椅子上，準備洗淨身體，只是——

「——那麼澪大人，恕我失禮囉。」

在澪背後這麼說的，是圍上白浴巾的諾耶。雖然澪由於威爾貝特的力量一旦抽出就沒有利用價值而遭到拉姆薩斯冷遇——但對於希望她成為新魔王的克勞斯陣營而言，澪幾個是無上的VIP；所以對方甚至要為澪、柚希和胡桃各指派一組人馬服侍她們洗澡，從沖水、調節浴池水溫、洗頭、洗身體的應有盡有；當然澪幾個也因為這樣無法放鬆而全力回絕，但對方仍堅持至少要給澪像樣的待遇——便只好折衷妥協，讓下午導覽市區、和大家熟悉的諾耶一個為她服務。

「嗯……那就麻煩妳囉，諾耶。」

澪一點頭，諾耶就「是」地頓首，先以木桶盛的熱水沖身體，再以手搓出泡沫洗背。傭人為王室或貴族洗澡時動作都很輕柔，絕不會損傷肌膚，而諾耶也是如此，可是——

「……嗯！啊……嗯嗚！」

滑溜的觸感一抹過背部，澪就不禁發出性感的叫聲。

「才只是洗背而已耶……澪大人這麼敏感呀？聽說澪大人是借用瑪莉亞的魔力和刃更先生結了主從契約，是這個的關係嗎？」

「這、這種事……！」

被諾耶揶揄的澪慌得羞紅了臉。

……討厭，我怎麼……！

在異界土地也能泡澡，讓澪樂得忘了防備。

——和刃更締結主從契約以來，澪在刃更手下屈服了無數次，性感度也一次次的開發，如今澪的肉體已經敏感到難以置信的地步；但儘管如此，只要是在家入浴就沒有問題。一個人洗時可以控制力道，至於在遭到萬理亞設計而和柚希對抗的情況下跟刃更一起洗時，就算再怎麼忘我也不會有人說話，再加上澪有過許多次被刃更親手洗遍全身的經驗，所以一不小心就做出了那些時候的反應。

「該不會減少服侍您入浴的侍女人數，是因為害怕這種事被人知道吧？其實您大可不必擔心啦。」

「！……妳再多嘴，小心我連妳也趕出去。」

被澪害羞地一瞪，諾耶呵呵笑說：「真是對不起喔。」之後便默默清洗著澪的身體。想當然耳，傭人洗的不會只是背，成瀨澪的腋下、胸部、臀部等敏感部位，就這麼被諾耶一一擦搓。

「！……嗯……呼……啊……呀……嗯！」

澪咬著唇拚命忍耐，仍擋不住嬌喘衝出她的嘴，然而——

……沒關係。這種的，跟刃更自己來根本不能比……！

沒錯。現在和刃更玩弄她時的指法完全不同。他總是膽大心細，強硬中帶有憐愛——即使粗魯，但絕不會讓人喊痛。

刃更每次都可以讓澪身心都跟著放蕩起來，相比起來諾耶完全不行。

……換成刃更，會更……

刃更的大手、刃更的厚實胸膛、刃更灌注的令人瘋狂的快樂、全世界最讓人放心的他的溫暖——一想起他做過的事，無論諾耶怎麼洗都讓澪覺得只是有點羞人、癢癢地，能忍住不出聲了；畢竟兩乳之間、下胸、兩脇、肚臍甚至屁股之間，都早就被刃更洗過了。於是澪恢復鎮靜，將全身交給諾耶洗淨之後，接著輪到的是她的長髮。在諾耶輕柔的梳理下，就像在髮廊一樣地舒服。

「那個，澪大人……」

這時，諾耶忽然開口，讓澪以為又要被她調侃而嚴陣以待，可是——

「可以問您一下，拉斯在那邊過得怎麼樣嗎？」

「拉斯……是說瀧川嗎？」

瀧川八尋的印象過於強烈，一時和本名難以連結。

「這個嘛……他跟刃更好像處得不錯，在學校常混在一起。可能是臭味相投吧，這兩個男生也滿常互相亂來的。」

不過知道瀧川就是那個白假面後，對澪和柚希而言是笑不出來就是了。瀧川曾使刃更遭受重傷、說殘忍的話挖他的心傷，讓澪和柚希到現在都不抱好感。

「妳怎麼會突然問起他啊……？你們認識嗎？」

「…………對。我和拉斯是同一所孤兒院出來的。」

諾耶以似乎有些焦慮的口吻說：

「他啊……有時候會攬太多責任在自己身上。所以當我知道他想接下獨自潛入現任魔王派的危險任務時，我堅決反對…可是那是他決定好的事，我說再多也沒用。」

「…………這樣啊。」

從諾耶的語氣，能聽出她對瀧川懷的是怎樣的感情。

……和我一樣呢。

自己知道刃更曾和瀧川暗中聯手時，也有過類似想法。

知道他和萬理亞會趁夜外出獵殺低級無賴惡魔時也是如此。

第3章
新的主從契約

實在很想問個明白，為什麼要瞞著自己做那麼危險的事。

但澪做不到。因為他冒這些險為的不是別的——就是因為他有必要保護澪的安全。假如沒有瀧川的幫助，被佐基爾囚禁的雪菈多半早已喪命；萬理亞能躲過這種可悲的結果，就是刃更和瀧川暗中聯手的成果。想到這部分，澪對刃更就什麼也說不出口。

只是——現在有個方法，能解決諾耶的痛苦，而關鍵就握在澪的手中。所以洗完頭髮後——

「諾耶，我——」

澪轉過身，想對諾耶說些話——但在這個時候，有個人來到清洗區，在澪旁邊的椅子坐下。那散發透明美的少女，是同樣與刃更結了主從契約的野中柚希。

「——這裡借我用。」

柚希對她們正眼也沒看，說完就自顧自地洗起澡來。

儘管她沒再多說什麼，氣氛還是變得有些尷尬。

「……那個，澪大人……我就打擾到這裡了。」

澪背後的諾耶彷彿做錯事地這麼說之後站起來。

「請慢慢享受我們的浴池，盡量消除全身疲勞……我會在更衣間待命——柚希小姐，我先失陪了。」

「嗯……」

清洗著身體的柚希輕輕點頭，諾耶便鞠個躬後離開浴場。之後——

「——妳是以為自己去拜託克勞斯，就能取消瀧川的臥底任務嗎？」

聽柚希沒好氣地這麼說——

「我只是……」

澪低下頭含糊其詞。

「我們沒有要求豪華的房間和晚餐，那都是他們自己準備的；所以就算要我們回報，我們也能拒絕。可是，一旦我們主動提出要求，事情就不同了；如果被要求回報，我們會很難拒絕。而且更嚴重的是——那樣等於直接暴露我們的弱點。」

妳忘了嗎？

「那個叫克勞斯的魔族以前是威爾貝特的參謀，甚至有『賢老』之稱的謀略家。那些豪華房間、餐點和大廳那場盛大歡迎，全都是為了引誘妳答應成為魔王的表演。如果告訴那種人自己容易同情他人，妳知道會有什麼後果嗎？不想讓瀧川做更危險的任務的話、希望替擔憂青梅竹馬安危的善良侍女達成願望的話——被他知道感情攻勢有用，他馬上就會拿這種材料找妳談判或交易；如果還是不行，他說不定會提出更殘酷的交易……」

說到這裡，柚希望向和胡桃一起泡澡的年幼夢魔。

「例如把萬理亞從妳身邊調走，要她進行幾乎是送死的任務都有可能——而且她的母親和姊姊都在這裡，根本無法拒絕。」

「…………對不起。」

完全無法反駁——澪慚愧地垂下了頭。

「沒必要道歉……只是，我希望妳別忘記。」

柚希以忠告口吻對澪說：

「——就算妳還沒決定要怎麼處理威爾貝特的力量，我想妳也早就對自己『成瀨澪』的身分做出結論了，別忘記自己是什麼人。」

這番話，讓澪確切地頷首回應。

「…………嗯，沒錯……我明白。」

現在的自己不是前任魔王的女兒，而是刃更的家人、妹妹——也是他的忠僕。

不管發生什麼事，都要陪在他身邊。這就是成瀨澪唯一的心願。

為了這個心願，大家一定要一起回去那個家才行。這時——

「妳知道就好，我也會想辦法幫妳的——因為那也是刃更的心願。」

立場和澪相同的柚希如此表示。在澪心中，她是絕不願落後的競爭對手——同時也是比任何人都更了解她想法的同志。所以——

「…………謝謝妳，柚希。」

感到更為放心的澪率直地表示感謝。

「不需要道謝……對了——」

柚希「嗯」地將沾滿泡沫的毛巾遞給澪說：

「……澪，幫我洗背。」

柚希說得就像姊姊命令妹妹一樣自然，讓澪不禁睜圓了眼。

大概是提點了幾句話，讓她有點拿翹了吧。於是澪「哼」地一笑——

「代價很高喔……」

並從柚希手上接過毛巾，繞到她背後，接著跪在地上替柚希洗背——但沒有毛巾，直接用手。

屈服於刃更、性感度被他開發過的，並不是只有澪而已。所以——

「——呀啊啊啊啊嗯！」

柚希發出可愛的尖叫，從木椅上跳了起來。

泡在浴池裡的野中胡桃，看見清洗區的姊姊柚希尖叫著跳了起來。

然後在她眼前一屁股摔在地上。

『……………』

柚希默默轉向背後，對臉上帶著勝利笑容的澪予以反擊。

硬把澪壓在地上並跨坐上去，瘋狂搓揉那對巨乳。

『！──』

『──！』

澪忍不住尖叫起來，在柚希底下弓身擺臀，接著不甘示弱地兩手猛抓柚希的屁股。

這次換柚希在澪腰上猛一挺身──兩個女人就這麼賭上自己的尊嚴戰得天翻地覆。看見這兩位大姊的樣子──

「……………」

別自找麻煩的好。胡桃在浴池中轉過身去，背對柚希和澪所在的清洗區。

「嗯……！」

隨後在浴池中伸個懶腰，池水的溫暖跟著沁入體內，讓胡桃感到全身從裡到外都暖了起來。舒服地吐口氣後，她雙手掬起一捧池水。那略帶藍色的半透明溫泉，似乎是直接從地下汲取過來，自然含有相當高的魔素。可是──

……嗯，好像已經輕鬆很多了。

現在的胡桃舒服得彷彿剛抵達魔界時的不快只是一場夢。雖然習慣了魔界的魔素是有影響，不過主要原因多半不在這裡。於是——

「…………」

胡桃從浴池中伸出左手，向那裡集中意識，操靈術的護手跟著在一團光點中具現化。護手上有好幾個凹槽，鑲入各種色彩的球體。它們是與精靈聯繫時所需的元素。

——現在，胡桃的護手多了顆過去沒有的黑色元素。

那是在露綺亞的辦公室，刃更將胡桃藏在心裡的糾葛轉變為快樂而屈服她、讓她解脫後的事——一睜開眼，胡桃發現自己躺在另一間房的床上。

見到身邊是依偎著她睡的萬理亞，再想起自己被刃更怎麼了以後，她害羞地在被窩裡縮成一團滾動掙扎。這時，露綺亞來到這房間查看她們的狀況，並以冰冷表情及語氣對不禁態度警戒的胡桃說：「謝謝妳願意和瑪莉亞作朋友。」然後給了她某樣東西。

那就是這顆黑色元素。露綺亞交給胡桃的這顆元素含有魔界高階精靈的護祐，讓勇者一族的胡桃在魔界使用精靈魔法時，能和契約以外的精靈取得聯繫。

而且有了高階精靈的護祐，向精靈借力的難度會比過去降低不少。

對於沒有和刃更結下主從契約、無法藉加深主從關係強化戰鬥力的胡桃而言，實在是求之不得的及時雨。

第3章
新的主從契約

露綺亞儘管屬於穩健派，總歸是個魔族，而且還是冷遇澪的拉姆薩斯的副官。

這讓胡桃對接受她的施予有所抵抗，但最後還是收下了它。因為現在最重要的不是勇者一族的自尊，而是避免自己拖累了刃更等人。

所以至少希望待在魔界的這段時間，可以自由地使用它。

……我已經開始會這樣想了呢……

野中胡桃感到了自己的變化。一定是和刃更重逢的緣故吧。

若是以前，絕對無法想像自己會和監視對象澪跟魔族萬理亞一起生活，甚至並肩作戰。

……而且。

在同居生活中，萬理亞幾乎是每天都對胡桃做些羞人的事，但為了追上柚希和澪也只好默許。不只是萬理亞——有時還會是刃更和柚希。所以胡桃才會像今天這樣，大膽地在露綺亞的辦公室做出猥褻行為，暴露出放蕩得難以置信的自己。

再說——儘管覺得害羞，自己仍無法拒絕。

……原來我其實不討厭那種事呢……

就像柚希和澪一樣，漸漸地，胡桃感到自己愈來愈淫蕩。

不僅如此。胡桃今天終於將只敢在夢裡做的事搬進現實，和刃更接吻了。儘管起初是以為自己在作夢，而清醒後是為了滿足露綺亞才那麼做，但胡桃做的都是主動吻上刃更的唇

——沉溺在女性情慾中忘情纏舌，貪求刃更的一切。
指尖一碰上唇瓣，當時刃更的溫暖和他給予的快感頓時鮮明重現。
「…………！」
胡桃羞得滿面通紅，把嘴泡進池裡吐氣，噗噗噗地在池面上打出許多泡泡，沒發現背後有個人偷偷接近——
「……——親愛的胡桃～♪」
「咿呀啊啊啊啊啊啊！」
突然被萬理亞從背後一抱，嚇得胡桃大聲尖叫。
「喂，不要嚇我啦！」
「哎喲，誰教胡桃妳都自己一個人發悶不理我，害人家好孤單喔。」
「妳、妳是不會看那邊——看姊姊和澪的那個喔？」
萬理亞呵呵笑著說：
「當然看了啊，可是一個人看很無聊，所以才來找妳一起欣賞囉——就像我們平常一起看色色的影片那樣嘛。」
「明、明明是妳硬逼我看的，說什麼學術研究……！」
「一點也沒錯……所以這也是學術研究喔。」

第3章

新的主從契約

萬理亞嫣然一笑就動手揉起胡桃的胸部、舔起她的脖子。

「討厭，不要啦……！啊……啊嗯！不要……嗯嗚、呼……啊啊！」

被萬理亞攻擊的胡桃在池裡死命掙扎，啪刷刷地打濺池水試圖擺脫萬理亞，卻怎麼也甩不開。

「嗯呼呼……都做過這麼多次了，可是每次都一樣害羞，胡桃還真是可愛呢。」

眼裡燃起好虐之火的萬理亞說道：

「來吧，胡桃。給我腋下，把腋下露出來。我要把口水舔滿妳的弱點。」

「——……！」

糟糕。再這樣下去，又會栽在萬理亞拿手的連段陷阱裡。

胡桃立即對清洗區的柚希和澪投出求救的視線。

『——』

才稍不注意，那邊就完全變了樣。她們即使全身都是泡泡、嬌喘吁吁也絲毫不願投降，不停攻擊對方的弱點；還沒泡到溫泉，就弄得兩眼無神、聲音無力，皮膚還變成了粉紅色。

當然，她們根本沒心理會胡桃的危機。萬理亞一看見她求救無門——

「呼呼呼，真是太遺憾了……來，死心讓我舔吧，妳這無力的淫蕩女勇者～」

「！～～～～～」

嘴唇就往左腋湊了過來，胡桃眼看就要像平常那樣被快感攻陷。

「……嗯？這是什麼元素啊，沒看過這種顏色耶。」

萬理亞忽然注意到胡桃護手上鑲了顆黑色元素。

這讓野中胡桃想起——露綺亞給她這顆元素時說過的話。當時露綺亞——

『——往後也麻煩您照顧舍妹了。』

確實是看著睡在胡桃身邊的萬理亞這麼說的。

「————！」

所以，受託照顧萬理亞的胡桃，就請那黑色元素好好照顧她了。

同時，魔法陣在池面上張開——

「咦————……？」

就在萬理亞看見魔法陣而發出滑稽叫聲的瞬間——那蘿莉色夢魔就捲起大量水花從浴池彈射出去，飛進牆邊的清洗區撞上柚希和澪，再把木椅木桶撞得滿天飛。

「發、發生什麼事了！怎麼這麼大聲！」

諾耶慌張衝進浴室，但胡桃沒有回答。

只是頂著紅紅的臉「刷啪！」地從浴池站起。

「我一定會心懷感激地好好用它的……哼！」

第③章
新的主從契約

丟下這句話後，野中胡桃就自個兒先出浴場了。

3

單獨在維爾達城內自己的房間結束晚餐後。

拉姆薩斯離開房間，來到某個地方。

那是能將整座市鎮一覽無遺的地方——城中最高的主塔頂端。

「…………」

拉姆薩斯來到這裡，默默俯瞰了眼下街燈。大約十五分鐘後——

「您執意不見澪大人一面……這樣真的好嗎？」

候在一旁的露綺亞開口問道。聽了這忠實部下的問題，拉姆薩斯頭也不回地注視市區方向低聲說：

「……我為何要見她？」

於是露綺亞不再多說半個字，只是直接輕輕行禮退下，讓拉姆薩斯獨處。

之後——拉姆薩斯就這麼佇立在這裡吹了一會兒夜風。

「————」

忽然間，拉姆薩斯眉頭微微一皺。

因為附近出現不同於夜風的氣流變化，一般人並不會察覺這樣的細微差異——有雙眼睛，正從背後盯著拉姆薩斯。

——並不是露綺亞，也不是她屬下的其他侍女。

接下來，又多了些不同於視線的變化。一道腳步聲彷彿要展示自身存在，踏響塔頂地面緩緩接近。隨後——

「——你知道嗎？現在澪和我們住的地方也和這座塔一樣，可以眺望城市的燈光。」

帶著這話站到拉姆薩斯身旁的，是一名少年——東城刃更。

告訴他這個地方的，不是露綺亞就是雪菈吧；無論是誰，都一樣多管閒事。刃更望著不予追究的拉姆薩斯所望的景色，說：

「下午……侍女諾耶小姐帶我們參觀了市區一圈。從這裡見到的景色，就是你弟弟——和接下他工作的你保護到現在的東西吧。」

「…………」

見拉姆薩斯以沉默作答，刃更慢慢轉過來——

「在你保護的事物裡——為什麼就是不包括澪呢？」

第3章
新的主從契約

吐露出略微帶有陰暗情緒的話。

「你弟弟過世以後——受他信賴、將澪養育長大的屬下，遭到佐基爾殺害。即使萬理亞在關鍵時刻救出了澪，沒讓她被佐基爾抓走，可是佐基爾卻挾持了雪菈小姐，威脅萬理亞順從……」

可是。刃更說道：

「根據瀧川——拉斯所說，你對這些狀況都很清楚，但選擇了靜觀吧？無論其他人怎麼要求你更重視澪，你仍完全不提供新的幫助，除了遭到佐基爾脅迫的萬理亞，以及潛入現任魔王派、無法明著做事的瀧川這兩個起初的護衛以外，完全沒加派任何幫手。」

這是為什麼？

「澪是你弟弟的女兒……也就是你的姪女吧。為什麼你明知她面臨這麼明確的危機，卻依然一點行動也沒有？」

對眼神堅定地問來的刃更，拉姆薩斯終於開口回答——他直截了當地說：

「——因為沒那種必要。」

「你說沒必要……？」

刃更知道拉姆薩斯對澪態度冷漠。

執意來到這裡，是為了起碼要將原因問個明白。現實玄得一如露綺亞所言。想必拉姆薩斯有他的難處和想法，若能聽上一聽，就算無法接受，也應該能明白他這般行動和態度的原因。可是——拉姆薩斯剛說的，是刃更絕對無法裝做沒聽見的話。

「即使萬理亞被佐基爾脅迫而苦惱到最後，不得不選擇背叛澪也沒必要？即使澪都被抓走，差點就被佐基爾怎麼了也沒必要？經過了這些，你真的要跟我說沒必要加派護衛嗎？」

「既然報告上說她平安無事，哪裡還有需要多要求什麼呢？」

「那是因為我們……！」

能從佐基爾手中救出澪，是刃更等人絞盡腦汁、全力搏命一戰換來的。說起來，能在澪被佐基爾糟蹋前救回她，也平安救出了遭到監禁的雪菈，也許堪稱是最好的結果。可是——假如在那之前，拉姆薩斯能接受克勞斯等屬下的意見，採取加派更多護衛等有效手段，澪被佐基爾抓走的事或許根本不會發生。

而且瀧川還知道佐基爾的藏身之處，甚至掌握了他監禁雪菈的地點；只要派出精銳部隊同時出擊，說不定早就能剿滅佐基爾這個元凶，但他們什麼也沒做，這種人哪有資格說話

——當刃更火大地試圖反駁，拉姆薩斯終於正眼瞧他，說：

「你們——怎麼樣？就我所知，佐基爾敗退的直接原因並不是你們，而是威爾貝特那個

第3章 新的主從契約

力量失控的女兒吧？即使失控的原因是誤以為雪菈遭到殺害，但若佐基爾胡亂對她下手，她也會做出同樣劇烈的抗拒才對。那麼，就算沒有你和你那個從小認識的女孩，她終究還是會得救，這樣的想法有哪裡不對嗎？」

「…………或許真是那樣沒錯。就算我們什麼也不做，澪和雪菈小姐都可能照樣會得救。」

可是——刃更特別加重語氣說：

「那種話，只有我們這些採取實際行動救出澪她們的人能說——你們這些什麼也沒做、只是旁觀的人，少在事後專挑對自己有利的話講。」

「…………」

拉姆薩斯似乎是被刃更說到痛處，沉默不語。

「……我不打算質疑你的決定是對是錯。結果就像你所說的，澪和雪菈小姐都平安，萬理亞和潔絲特也擺脫了佐基爾的控制。我想問的，只是你是不是真的故意漠視澪而已。」

刃更繼續說道：

「可是，已經夠了——我已經很清楚了。我原本還猜想，你說不定是因為和弟弟立場不同或其他原因才對澪這種態度……但反正無論你怎麼說，我也不會接受就是了。我已經決定保護澪——這個成為我的妹妹、我的家人的人了，所以無論你搬出多偉大的理由或藉口也不關我的事，根本沒意義。」

「——那麼，你要聽克勞斯的話，讓那個女孩成為下一任魔王嗎？」

刃更對低聲問來的拉姆薩斯搖搖頭說：

「不……克勞斯先生對我們是很親切，乍看之下也很為澪著想——但他其實只是利用她是前任魔王的獨生女、繼承了他的力量的故事，根本不管她有沒有當魔王的資質或她本人的意願，把她當成政治工具而已。」

澪只要當個普通女孩，平安生活就夠了。

將她送離自己身邊、讓她在人界居住的威爾貝特，想要的就只是這麼多而已。

然而——嘴上總是對威爾貝特敬愛有加的克勞斯，卻無視主公的遺願，企圖讓澪成為新魔王。據悉，現任魔王也是被樞機院那群高階魔族拱上王位的棋子，兩邊根本半斤八兩。

……而且。

即使自己主公的女兒，和大戰頭號敵人的兒子結了主從契約，克勞斯對刃更的態度卻仍親切得很不自然。說不定，就連澪不得已和刃更結下的主從契約都會被他拿來利用，說成多虧威爾貝特主動撤兵平息大戰，才能促成勇者一族可怕戰神迅的獨生子與魔王獨生女結下良緣的佳話，當作威爾貝特的另一項成就。

……不管哪邊都一樣糟。

第3章
新的主從契約

說穿了，他們想的全是自己的利益——所以東城刃更無法接受。

絕不接受。

「我知道你和克勞斯先生都有自己的考量和安排，也知道在穩健派中，部下同樣要尊重你們這些高層的意思。可是——你們只想要利用澪，對她本身完全不關心。在澪最痛苦的時候，你們明明知情卻不伸出援手，克勞斯先生他們也跟從這個決定坐視不管，兩邊都是同類。就我來看，你們這些人全都是一群垃圾。」

被叫來魔界到現在，刃更一直忍氣吞聲，但已經忍無可忍。

所以他要一吐為快：

「我就直接說清楚了，不准你們有需要就叫她來，沒需要就把她丟在一邊。你們漠視、冷落了澪這麼久……現在卻因為需要打贏現任魔王派，就叫她把自己本身或身上的力量交給你們用？開什麼玩笑。她的力量，是你弟弟死前為了幫助不惜和她分開也要保護的女兒才交給她的啊。澪已經因為周遭的需要和想法失去、放棄了很多東西，不能再這樣下去了。」

聽好。

「我對你們再也不抱任何希望、沒有任何期待，所以至少，請你們不要再從她身邊搶走任何東西。對澪來說，那個力量是她親生父親的遺物，是他們唯一的羈絆——你們根本沒有插手的資格或權力！」

拉姆薩斯默默聽完了刃更的傾訴。

……這就是那個男人的兒子嗎。

原來如此。報告上說他被逐出了勇者一族的「村落」，現在看來是不難理解。這個少年，的確不適合作勇者。

……實在太幼稚了。

拉姆薩斯要告訴這個只是流於激情嘶吼理想的少年什麼叫做現實。

「王族的生命並不屬於自己，還要為民而生、為民而死──誰也逃不過這血統的宿命。既然那個女孩是威爾貝特的女兒，就是王族的一員，當然有義務為人民犧牲奉獻。」

「所以我說，你們把她丟在一邊那麼久，現在卻用一句『因為她是王族』這種自私的理由就──」

「──原本過著平民生活的人，因為發現有王族血統而突然被帶走，人生從此完全改變之類的，並不是什麼稀罕的事。」

而且──拉姆薩斯說道：

「我和克勞斯雖然在想法和作風上有所不同，但站在人民之上的我們，同樣必須守護在

第3章
新的主從契約

這裡所能見到的一切。既然你們下午到過街上，應該看得很清楚了吧。現實上，你這樣保護那個女孩——可能最後會讓你在街上見到的事物、遇到的人全部毀於一旦，懂嗎？」

「這種事我當然——」

拉姆薩斯對試圖反駁的刃更淡然地說：

「那還有什麼好堅持的。再說，你剛說那個女孩失去或放棄了很多東西……可是她到最近為止都在與政治角力和鬥爭無關的地方過著幸福的日子；那些，都是身為威爾貝特的女兒才能享有的福利。現在是因為威爾貝特的死讓她的存在對我們有所必要，才把她叫回來的——事情就只是時間到了，該告別過去不必面對自己的血統與責任的日子而已。」

「！…………」

對於表情糾結地一語不發的刃更——

「你說的話，我也不是全都不同意。你說，那個女孩連有無資質都不知道，不該成為魔王——」

拉姆薩斯果決說道：

「真是一點也沒錯。那丫頭和你這個被逐出勇者『村落』的小鬼結下主從契約，讓自己成為一個被肉慾束縛的卑賤的人，怎麼可能會有成為魔王的資質，所以我才要她乖乖交出威爾貝特的力量。」

話一出口，周遭氣氛就產生了變化。刃更至今對拉姆薩斯表現的敵意，變得更為銳利、冰冷。

儼然已是殺意。隨後——

「給我收回去……要不然——」

這麼說的刃更將右手伸向拉姆薩斯，剎那間——

「——到此為止。」

無數槍尖指向刃更咽喉，來自霎時包圍了他的眾多侍女。統領這些武裝侍女的露綺亞來到拉姆薩斯身邊——

「方才您對拉姆薩斯大人的種種侮辱就已經讓人無法忽視了——若您再繼續有所不敬，就算是澪大人和瑪莉亞的恩人也絕不饒恕。」

語氣冰冷地這麼說。

「…………」

刃更低下頭，什麼也沒說。可是——

『——————？』

舉槍指向刃更的侍女們彷彿受到驚嚇，全身緊繃。

這是由於刃更殺氣不減反增。接著——

「侮辱……妳說侮辱？這是我要說的話吧。聽見澪──我的妹妹受到那種侮辱，妳以為這種程度的警告能把我逼退，就這樣算了嗎？」

刃更毫不懼怕周圍侍女，右手浮現光點。

那是具現自身武器實體的現象──

「……………真遺憾。我還以為您會更聰明一點呢。」

就在露綺亞兩眼一瞇，要對屬下女僕下令時──

「──好了好了～到、此、為、止♪」

一旁傳來與場中緊張氣氛極度突兀的爽朗喊聲。

拉姆薩斯轉過頭去，看見雪菈帶著潔絲特站在那裡。

「母親大人……」

露綺亞也皺起眉，向雪菈看去。

「露綺亞呀……在這種地方打起來，馬上會被澪妹妹她們發現喲，如果她們跑過來了怎麼辦？就算能在她們注意到之前癱瘓刃更弟弟，你們和他吵架的事還是會曝光呀。澪妹妹和柚希妹妹都和刃更結了主從契約，無論是關進地牢還是哪裡都沒用的啦。」

「那就——」

「——妳要設下結界，讓她們感應不到？」

雪菈笑著搶在準備反駁的露綺亞之前說：

「沒用啦，做那種事只會更讓她們懷疑而已，到時候就真的得不到澪妹妹的幫助囉？」

「——————」

見露綺亞無言以對，雪菈視線移向刃更說：

「刃更弟弟，你也別再吵下去了吧。在這裡和露綺亞他們或拉姆薩斯打起來，無論輸贏都一定不會全身而退。你疼愛的澪妹妹心腸那麼好，要是知道你為她發火受傷——她一定會很自責吧。這樣也沒關係嗎？」

「…………」

雪菈的話讓刃更沉默起來——不久收起殺氣，武器具現化的現象也消失了。見狀，雪菈笑著說聲：「乖孩子。」侍女們的表情也跟著顯得鬆了口氣。最後，雪菈看著拉姆薩斯說：

「那麼，我要把刃更弟弟帶走囉——可以吧？」

「…………隨妳高興。」

「那掰啦。」聽他那麼說，雪菈立刻帶著刃更和潔絲特離去，消失在屋裡。

「——拉姆薩斯大人，非常抱歉，家母冒犯了。」

對於低頭道歉的露綺亞——

「無所謂……那個人胡來也不是第一天的事。」

拉姆薩斯只是簡單這麼說，就要露綺亞等人退下，讓他獨處了。

爾後，拉姆薩斯再度望向城市。

視線彼端燈火處處，宛如星光點亮了大地。

4

和潔絲特一起被雪菈帶離拉姆薩斯等人所在的塔頂後。

東城刃更，被她們帶來某個地方。

那是男性賓客專用的大浴場。由於前往魔界前就洗過了澡，現在又想一個人靜一靜，所以刃更起初拒絕，然而——

「——你現在滿肚子都是對拉姆薩斯的氣吧，這樣睡得著嗎？」

他還是無法反駁雪菈的話。來到魔界至今發生了許多事，除了意識得到的緊張，應也累積了不少意識不到的精神壓力吧。

第3章
新的主從契約

雖然過度放鬆而鬆懈戒備是無輪如何都要避免的事，但就現狀而言，實在看不出來還會在魔界停留多久；如果過度緊張只會徒耗心力，弄得在萬一的時候手腳不聽使喚也很糟糕。

於是刃更接受了雪菈的提議，準備再洗個澡，可是——

「……………我就知道會這樣。」

這個母親可是比萬理亞還要豪放，對夢魔本能的順從度多半很高，而她也果然跟著刃更進了浴場。不用說，潔絲特也來了。

大刺刺地在刃更面前赤身裸體的雪菈呵呵笑著說：

「這是當然的呀……潔絲特妹妹是服侍刃更弟弟的侍女，而我是她的上司耶？當然有義務親眼仔細監督她這個見習侍女有沒有好好照顧你呀。」

厲害……跟老是硬拗的萬理亞不一樣，這麼輕鬆就把歪的說成直的。真是有夠難搞。萬理亞以後長大，如果也變成雪菈這樣怎麼辦。當一抹不安飄過刃更心頭時——

「……………那麼，得罪了。」

潔絲特這麼說之後就洗起刃更的背——用她大幅成長的胸部。

「——給我等一下！妳動作這麼自然是怎樣！」

刃更不禁轉身，只見渾身赤裸、滿胸泡沫的潔絲特淚眼汪汪地說：

「非、非常抱歉……我對這種事還不習慣，弄痛您了嗎？」

「呃，沒有……是不會。」

請問哪個世界的男人被女生用胸部擦背會喊痛的啊——雖然忍不住想加個請字吐槽，不過潔絲特深深自責的樣子讓刃更說不出口。

「刃更先生對不起……雪菈大人告訴我替主人洗澡就是要這樣洗，也很用心教我怎麼做，是我自己學藝不精。」

「我懂了……沒關係，再說也沒有做得很差——不對，根本就不是妳的問題啊。」

刃更急忙安慰潔絲特後瞪向雪菈。

「雪菈小姐……妳到底都用心教了潔絲特什麼啊？」

「哎呀，刃更弟弟，表情怎麼這麼恐怖呀……是誰做錯事了嗎？」

雪菈大言不慚地笑著說：

「我實在不知道，女人替男人洗澡時除了用自己的身體之外還能用什麼洗呢。這一定是人類和魔族的文化差異吧。」

「不對吧，不管怎麼想，那都只是你們夢魔自己的文化。」

快向其他種族的魔族道歉，妳這蘿莉夢魔媽。

「總之，人類世界不是有句話叫做『入境隨俗』嗎？在這裡，你當然也要接受我們的文化才行囉。」

第③章
新的主從契約

「……與其說入境，感覺更像是入了甕呢。」

太深了吧。

「如果你堅持，讓你自己洗也行啦……」

雪菈一臉遺憾地說：

「可是這樣就等於侍女沒有做好工作……待會兒我就得處罰潔絲特妹妹了——而且是很痛的那種。」

「…………知道了啦。好吧，潔絲特……麻煩妳囉。」

「是……！」

刃更像是做了壞事，潔絲特卻回答得眉飛色舞，再度用她柔軟的胸部擦洗刃更的身體。

糟糕……軟綿綿地，好大好舒服啊，而且感覺跟其他會用胸部幫刃更洗澡的人有種微妙的差異。這讓刃更再度體會到女孩子的胸部真的是一人一款。再想下去，理性恐怕會很危險——刃更便姑且數起國定假日或質數分散注意力。

「……嗯～？刃更弟弟好像很鎮定嘛。」

真不好玩。被雪菈這麼一說，東城刃更嘆息道：

「我也是非常遺憾……最近對這種事已經很習慣了。」

「哎呀呀，這是什麼話呀，居然習慣被女孩子用胸部洗澡……真是英雄出少年呢。」

「這八成都是妳家女兒的功勞啊……」

截至目前，在萬理亞的建議下和刃更結了主從契約的澪和柚希，也經常用胸部幫刃更洗澡。為了讓她們嫉妒，引發主從契約的詛咒而陷入催淫狀態，萬理亞有時會故意表演給澪她們看，後來連胡桃也捲進來變成幫凶——剩下的兩成，是唯一例外的保健室老師長谷川千里。只有長谷川一個，和刃更沒有主從契約或需要加強戰鬥力，也不是被萬理亞拖下水無可奈何，純粹是基於自己的意願和刃更做了那樣的事。這時——

「…………不好意思。」

背後的潔絲特這麼說之後，為了讓柔軟胸部緊貼清洗部位而抱著刃更腹部的手忽然下降，溜進刃更纏在腰際的毛巾底下。

「等、等一下，潔絲特！這邊真的讓我自己來就行了啦！」

「對、對不起……！」

刃更忍不住尖叫，嚇得潔絲特急忙抽手，但這個瞬間——

「——給我繼續，潔絲特。」

溫暖的浴場裡響起令人發寒的冰冷聲音。刃更雖想說「不要開這種玩笑！」——但他辦不到。因為雪菈正散發那副幼小外貌難以想像的壓迫感直視而來。

「就算對方能自己做的事也要代勞，這就是侍女的工作和存在意義……給我繼續。」

第3章
新的主從契約

「唔……我都說不需要了耶？」

刃更吞口氣後勉強擠出抗議，可是——

「你這是直接否定侍女的存在意義啊，刃更弟弟，就像是在說『我不需要妳跟著我』一樣。再說，你好像有點誤會了……」

雪菈語氣冰冷地說：

「潔絲特是聽我的命令才去服侍你的，是我的侍女，她的主人是我不是你；我命令她去幫別的男人洗澡，她就得去……」

接著冷笑一聲。

「就算要她幫市區裡那些騷擾她的衛兵洗澡，她也得乖乖聽話。作一個供人使喚的侍女就是這麼回事。」

這話讓刃更心裡不太舒服。

「這種玩笑太惡質了吧……如果弄成那樣，我不會讓潔絲特繼續當妳的侍女。」

「可是呀，你並沒有那種權力喔，刃更弟弟。潔絲特是你交給我們穩健派處置，所以她現在才會是我的侍女……所以，關於她的一切，都是我說了算。造成這結果的不是別人——就是你當初的決定喔。」

「我……！」

刃更一時很急欲辯駁——他曾告訴潔絲特說，一旦出事，隨時可以回來東城家，因為憑潔絲特的能力，至少是逃得出魔界的。可是，這僅只是刃更說給潔絲特聽的話，雪菈不會同意。見到刃更面有難色——

「好自私喔……看不見的時候就不管她的死活，一看得見就希望她在你眼前都開開心心地。」

雪菈刻薄地笑著說：

「別跟我說——你沒注意到潔絲特妹妹在城裡孤立無援喔？」

「…………」

刃更沉默不語，因為他也隱約有這種感覺。除了雪菈或露綺亞，沒見過城內任何人和潔絲特說話；參觀市區時，諾耶也幾乎和潔絲特沒有接觸——從諾耶的個性來看，恐怕是受到上級施壓才會如此吧。曾是現任魔王派的潔絲特要在穩健派找到容身之處，果然不是件容易的事。這時——

「——我先提醒你，潔絲特妹妹的立場很快就要變得比現在更糟囉。」

雪菈說了句讓人無法忽略的話。

「什、什麼意思？」

「還不懂嗎？無論澪妹妹最後決定是照拉姆薩斯還是克勞斯的意思做，最後一定會造成另一邊的反感。而你剛才傻傻跑去找拉姆薩斯吵架，還說兩邊都不接受，這下穩健派裡可真的沒人會當你是自己人囉？」

這麼一來——

「就算你們能平安回到人界……之後對你們的敵意會指到誰身上，應該不難想像吧？誰教潔絲特妹妹是你拜託我們處置的嘛。」

「這……」

刃更呻吟似的低語。想都沒想過——為澪抗議居然會造成潔絲特處境更加惡化。對於說不出話的刃更——

「這都是你的決定招來的結果。現在的你，沒有權力阻止潔絲特妹妹做任何事……如果你無論如何都希望潔絲特妹妹聽你的話、不要她活在被不情願的對象玷污的危險下——」

雪菈呵呵笑了兩聲，說：

「刃更弟弟——你就要自己成為她的主人、讓她變成你的東西才行喔。」

「我來當潔絲特的主人……」

刃更朝潔絲特看去，只見原本低頭垂眼的她緩緩抬起臉龐，與刃更四目相對。她的眼眸沒有拒絕刃更的意思——反而彷彿希望雪菈所言成真。可是——

「主從契約魔法不是要滿月的夜晚才能用嗎……離下次還很久耶。」

「哎呀……所以你是不反對和潔絲特妹妹結主從契約囉？」

「如果——潔絲特自己同意，我是不反對。」

刃更直接給予雪菈肯定的答案，因為與潔絲特締結主從契約——這個選項，在來到魔界之前就早已存在於刃更心中。

「————」

刃更的話，讓潔絲特驚訝地看著他。接著——

「——哎呀，那就完全沒問題了吧。」

雪菈說道：

「滿月的夜晚這個限制，完全是在人界使用時才有的……主從契約魔法在魔界非常普及，隨時都能用喔。既然大家都知道我隨性又豪放，只要我用契約魔法讓你變成潔絲特妹妹的主人，就算是拉姆薩斯或克勞斯他們也不會說話才對。」

「…………這樣啊。」

聽了雪菈的解釋，刃更喃喃地表示理解，同時也明白雪菈為何會態度不變，對他說那些話。潔絲特的立場，一定比刃更想像中危險很多吧。所以——

……現在是唯一的機會嗎？

刃更現在就站在——是否能真正保護潔絲特的交叉口上，但事情並不是像雪菈說的「完

第3章

新的主從契約

全沒問題」。

「潔絲特……我先問妳，妳真的願意和我結主從契約嗎？」

於是，東城刃更對眼前的潔絲特這麼問。

「這……這並不是我能私自決定的事，還要經過澪大人她們同意才行。」

對咬著唇低下頭的潔絲特，東城刃更繼續說：

「──我已經取得她們的同意了。」

「咦──……？」

潔絲特訝異地抬起頭來。

「過來之前我和其他人說過，只要認為有必要，我就會帶妳回來──她們也都贊成。」

而且──

「那其中──當然也包括澪。」

「澪大人她……？……這是、真的嗎？」

刃更換上笑臉，對錯愕的潔絲特說：

「真的。就是因為她是這樣的人，我才會無論如何都想保護她……所以只要妳願意，我希望妳以後也能一起幫我保護她──保護我驕傲的妹妹，潔絲特。」

拜託。

「假如妳願意幫我保護她……我也會全力保護這樣的妳。」

說完，東城刃更誠摯地注視潔絲特。經過一段長長的沉默——

「…………我不要。」

刃更聽見的，是潔絲特以非常細小的聲音說出的拒絕。

所以，「這樣啊」三個字來到刃更嘴邊——但沒有說出口。

因為潔絲特的話還沒說完。那是，她壓抑到現在的情感。

「我也想保護澪大人，只是……我不想讓刃更先生保護我，否則結主從契約就沒意義了。我想成為您的侍女、成為您真正的屬下……只為了您而活，和您同甘共苦。」

「潔絲特……」

吐露內心想法的潔絲特，在刃更念出她的名字後——

「拜託您，刃更先生……請讓我永遠留在您身邊吧！」

依偎上刃更的胸口。

於是刃更在潔絲特耳畔輕輕地說聲：「知道了。」——說出自己的抉擇。

「…………雪菈小姐，麻煩妳了。」

話聲剛斷——刃更他們兩人的腳下、大浴場地面上就張開了一道魔法陣。

要為刃更和潔絲特締結主從契約。

第③章
新的主從契約

「——幸好準備這些沒有白費力氣。」

彷彿早知道事情會如此發展般，那幼小但妖豔的夢魔笑著說：

「如果要和澪妹妹和柚希妹妹一樣，契約就該透過夢魔的魔力來結吧。」

同時，刃更右手背浮出魔法陣。

之後——接下來的一切，不需要其他言語。

「——」

「——」

刃更將右手背伸向潔絲特，潔絲特也在刃更面前恭敬地下跪——直接對右手背上的魔法陣輕輕一吻。

刃更和潔絲特全身立即籠罩在光暈之中，表示主從契約已經完成。

……這樣……

潔絲特終於正式成為刃更的屬下，但此後是否真能保護潔絲特，還得看刃更的造化。感到責任加重之餘，刃更牽起潔絲特的手，助她站起。這時——

「呀——呼啊啊啊啊啊啊！」

潔絲特嬌媚一叫，癱軟地貼上刃更胸口。仔細一看，潔絲特咽喉上浮出主從契約的詛咒發動時才會顯現的項圈狀斑紋。

令人不敢相信的愉悅，讓潔絲特在刃更懷裡全身顫抖。

……這、這就是……

雖然痛苦，但更為強烈的幸福，從體內深處流洩不止。

在舒爽的痠麻感中，潔絲特第一次嘗到了完全不同於言語或文字的實際體驗。

自己所得到的甜美感覺——原來就是專屬於女性的快樂。這時——

「為、為什麼……？契約不是很順利嗎？」

刃更抱著潔絲特提出疑問。這樣的發展，和澪跟柚希結主從契約時簡直一模一樣，可是潔絲特和她們不同，確實在魔法陣消失前吻了刃更的手背——而潔絲特也不知為何會如此。

「哎呀……竟然會發生這種事。」

雪菈似乎也沒料到。

「依我看，是因為雖然你說沒問題，不過老實的潔絲特妹妹的深層心理，還是擔心自己成為你的屬下會給你添麻煩，才會引發詛咒。」

「啊——……？」

潔絲特罪惡感的原因不禁讓刃更啞口無言。

第3章
新的主從契約

「！……非、非常抱歉……我不是懷疑您說的話……嗯嗚！」

即使快急哭了，潔絲特依然在刃更懷裡嬌喘不止。

「刃更弟弟呀，有件事我不太好意思說……就是我的力量雖比巔峰期弱了很多，但是夢魔的力量還是比萬理亞強。所以，催淫詛咒的效果大概也比澪妹妹和柚希妹妹的更強喔。」

「是啊，我也知道會這樣！」

刃更抱著潔絲特火大地說。

「別急啦……潔絲特妹妹的力量在澪她們之上，而且她的罪惡感應該不會太深，應該能撐得比她們久才對。」

「這也算是安慰嗎，總之謝謝妳提供這種資訊喔。」

刃更嘆了一聲，讓潔絲特仰躺在浴場地上。

「！……刃更、先生……？」

對於初次體驗的快感，潔絲特不知如何抵抗，只能以發暈的眼望著刃更。

「潔絲特，妳再忍耐一下。我會儘快讓妳屈服，趕快解脫的。」

因此——東城刃更說道：

「接受我——當妳的主人吧。」

那是潔絲特最想聽的話——所以，即使劇烈快感使她全身顫抖——

「…………是的，刃更主人！」

潔絲特依然面露微笑、伸出雙手，以打從心底順從的聲音說：

「潔絲特是刃更主人的侍女……請讓人家好好記住這件事吧！」

於是刃更點個頭——默默將手伸向潔絲特的胸部。

……啊……

不僅是佐基爾，就連任何男人都沒碰過的肉體——竟然只因為在離開刃更的期間，因為無止境地思慕著他、夢想著任他擺布的那一天就發生驚人變化，胸部長成如此誘人的大小。下午，那對胸部差點就要受到市區衛兵染指，幸虧刃更阻止了他們，守下潔絲特的貞操——保住她的第一次。

……啊啊……

因此，這對乳房終於能讓刃更撫摸的那一刻即將到來的事實，使潔絲特的心敲起甜美的節奏。光是看著他的手愈來愈近——就讓她慾漲難當。

然後，刃更揉起潔絲特那豐腴而淫穢的乳房——就在那個瞬間。

「————……！」

在第一次被人揉胸造成的，令人發顫的女性高潮下，潔絲特的屈服開始了。

眼前發白、意識也出現短暫間斷的潔絲特，在慢慢恢復正常的視野中，看見刃更依然在她身邊——

……好感動，我終於也和刃更主人……！

讓人意識朦朧的幸福使她興奮地顫抖不止。

——過去，潔絲特曾目睹刃更和柚希結下主從契約，之後在東城家浴室和澪跟萬理亞一起泡澡的整個過程。當時她就暗自決定，假如自己也有需要對刃更屈服的一天，絕對要在浴室做。如今願望成真，潔絲特不禁呼喚刃更的名字，想分享自己的喜悅；可是，刃更為了儘快使她屈服，原本溫柔的指觸很快地強勢起來——

「啊啊！呀啊嗯！呼啊啊啊、哈啊……呀啊、啊！……哈啊啊啊啊❤」

潔絲特兩乳被瘋狂搓揉得只有嬌喘的份，快感瞬時浸透全身，慾火燒得潔絲特褐色的肉體濕亮妖豔。

就像是要傳達自己的愉悅一樣，潔絲特不斷地扭動身體，發出陣陣的嬌喘。

……天啊……我的胸部變得這麼猥褻……

刃更的手每次揉捏、手指每次陷入肉裡，就將潔絲特那對大幅成長的巨乳擠成下流的形狀——這也讓潔絲特知道自己的胸部有多麼地柔軟。

太淫蕩了。被刃更揉捏的乳房和因此得到快感的自己都是。被刃更看見這樣的自己，使得潔絲特的快感更為強烈。隨後，潔絲特見到自己胸部的尖端因快感而亢奮，鼓脹得又硬又挺。幾乎要被快感融化的柔軟巨乳，只有那裡愈來愈硬。

變得極為敏感的尖端，更在刃更肆意揉乳的同時，被他用拇指和食指捏住搓動起來。剎那間——

「呀——呼啊啊啊啊啊啊啊啊啊啊啊啊嗯♥」

第一次所無法比擬的高潮，讓潔絲特全身痙攣；背桿自然地弓屈，腰臀不受控制地抬起。刃更右手跟著由下繞過潔絲特的腰，強行抬起她。感到身體飄浮起來時，潔絲特已經是和刃更面對面、跨坐在他胯間的姿勢。

一回神，胸部尖端已被吸在嘴裡。

「啊——啊啊……！」

即使這突發狀況讓思緒追不上感覺，潔絲特的女性本能仍告訴她自己必須也要有所行動。於是她雙手繞過刃更的脖子、兩腿圍住刃更的腰用力夾緊——同時，刃更也從潔絲特的視線中消失。霎時間，潔絲特感到被他拋下的不安。

但沒有這種事，刃更仍然在潔絲特眼前。

——告訴她這個事實的，是浴場鋪上鏡面的天花板。

因高潮而挺身仰頸的潔絲特，和鏡中的自己對上了眼。

……這是，我……？

第3章
新的主從契約

鏡中映照出來的，不是過去冷若冰霜的潔絲特，就只是一個在劇烈高潮中放聲嬌喘、滿臉淫笑的——陶醉在快感中的女人罷了。

——但是，潔絲特並不在意，現在的她才不管自己表情有多淫蕩。比起這種事，刃更吮著她的胸，雙手毫不留情地揉著她的臀——享受如此帶來的快感更重要得多了。

「呀、啊啊……嗯！為、為什麼……我、身體愈來愈燙……呼啊啊啊！」

即使是如此的連續高潮，也仍舊無法解除潔絲特的詛咒。上半身因一再高潮而後仰到極限的潔絲特，視線不知不覺地翻到背後。

……啊……

見到的，是雪菈。她看著潔絲特放蕩的高潮模樣，臉上浮現與那幼小容貌矛盾的妖豔笑容；嘴像是說了些話而蠕動後，就往浴室門口走去。

……雪菈大人……？

她會在見證潔絲特完全屈服於刃更前就離開嗎？意識被甜蜜高潮沖散的潔絲特，聽不懂雪菈說了些什麼，彷彿是過度強烈的快感癱瘓了聽覺一樣。不過——潔絲特很快就知道了答案。刃更抓住潔絲特的肩將她拉近，讓她坐直。

接下來，在眼前注視著她的刃更嘴巴有了動作。

「………………？」

潔絲特不會讀唇語。

但仍能勉強看出他說了「我要」、「耳朵」幾個字。

隨後——刃更的唇緩緩湊向她的耳際。

……刃更主人，您這是……？

自己的胸臀都已被刃更揉得一塌糊塗，讓潔絲特一時想不到刃更還要做些什麼。

而下個瞬間，潔絲特明白了一個事實和答案。

原來耳朵也是十足的性感帶——以及自己的弱點究竟在哪裡。

5

「……那個，刃更先生，您還在洗嗎？」

侍女諾耶向男性賓客用的大浴場喊道。

她是受擔心刃更為何入浴後遲遲沒回來的澪等人之託，過來查看狀況的。

更衣間的籃子裡不止裝了刃更的衣物，還有潔絲特和雪菈的。

他們的確都在裡頭，可是洗了這麼久——

第3章 新的主從契約

……會不會是泡過頭，在池裡暈倒啦？

該不該直接進去看呢？當諾耶猶豫不決時——

『————❤』

浴場中傳來聽似潔絲特的尖聲媚叫。

「！——你、你們還好吧……——！」

不知發生何事的諾耶連忙衝進浴場——然後看見了。

看見潔絲特被刃更咬住左耳、劇烈高潮的豔姿。這副從腰到臀都誇張抖動、巨乳飽含快感而不停彈晃的淫亂模樣——

「……啊……」

讓諾耶不禁當場癱坐下來，兩條腿都軟了。這時——

「——妳這丫頭也真會挑時候。」

耳邊忽然傳來帶著笑意的聲音，還被一雙從後伸來的小手捂住雙眼，並聽見一段彷彿能從耳朵沁透心底的話。

『可是，妳還是要忘記在這裡看見的事喔。妳馬上回去澪妹妹她們的房間，說刃更弟弟今晚不會回去，可是不用擔心——知道嗎？』

「……………是。」

諾耶茫茫然地點頭，照她的指示搖搖晃晃地離開浴場。

走向澪幾個的房間——告訴她們今晚刃更不會回去。

成功打發諾耶後。

「好啦……現在不會再有人進來打擾了。」

雪菈笑嘻嘻地這麼說，接著——

「……那個，雪菈小姐。」

抱著潔絲特的刃更對她說：

「妳說得沒錯，潔絲特的弱點好像真的是耳朵……謝謝妳。」

被刃更咬耳而完全昏了過去的潔絲特脖子上，已不見詛咒的斑紋，不過——

「哎呀，刃更弟弟……現在道謝還太早囉？」

「這是什麼意思……？」

雪菈對疑惑的刃更說：

「你剛做的，不過是用快感沖散潔絲特妹妹的意識，只能算是一時的緊急措施而已。她是因為擔心成為你的屬下可能會造成你的困擾，才會引發詛咒的喲？如果不讓她實際感到

第3章
新的主從契約

『自己不會造成刃更主人的困擾』、『能夠幫上刃更主人的忙』，等她恢復意識冷靜下來，罪惡感一定又會引發詛咒。」

「這──那我剛那些不就──」

「放心吧……你的努力沒有白費。」

雪菈來到刃更兩人身旁，輕觸潔絲特的臉頰──

「好了，潔絲特妹妹……該起來了。」

並溫柔地這麼說，潔絲特跟著慢慢睜開雙眼。

「…………啊……雪菈大人……我……」

「不記得了嗎？妳在服侍刃更弟弟的途中昏倒了，所以現在，妳要趕快繼續才行……妳不想造成刃更弟弟的困擾吧？那就要好好幫助他，實際做給他看呀。」

「刃更主人的……困擾……？」

潔絲特眼神迷茫地這麼說，咽喉上淺淺浮現項圈般的斑紋。

「雪菈小姐，妳怎麼……？」

刃更見到主從契約的詛咒發動而焦急起來，雪菈伸手制止他說：

「別擔心……現在的潔絲特妹妹剛從強烈高潮中平復，意識還不清楚，罪惡感不會太強。現在你要做的，是幫她脫離這種狀況。主從契約的詛咒，也有提醒屬下必須對主人效忠的作用，所以無論當時意識多模糊，還是會清楚留下詛咒發作期間的記憶。所以，你要在潔絲特妹妹恢復冷靜又開始自責前，讓她打從心底認為自己的存在對你有益無害，給她能以屬下身分安心陪伴你的自信。」

畢竟——

「現在這個微醺狀態下容易說出真心話或表露真情，只要讓她那麼做，等到恢復正常冷靜以後，應該就不會再引發詛咒了。」

那就是讓潔絲特能以刃更的屬下身分存活下去的唯一方法。

「！…………——我知道了。」

最後，刃更打定主意似的點頭表示同意，所以——

「來，潔絲特妹妹……快點服侍刃更弟弟，證明妳能幫他吧。」

「……是……」

「要幫到他，就一定要做些有意義的事，讓妳以身為他的部下為榮才行……好了，快去服侍刃更弟弟吧，他還在等妳呢。」

「…………………」

聽了雪菈的話，潔絲特點點頭，雙手環抱刃更的脖子。

「刃更主人——……」

且臉上漾起魅惑的笑，直接將唇湊上刃更的嘴。

高潮餘韻中，思緒受甜美暖流翻攪的潔絲特與刃更接了吻。

因為她認為自己身為刃更的屬下，自然要盡可能地為他奉獻一切。

「嗯……喂，潔絲特……嗯嗚？」

潔絲特更陶醉地親吻錯愕的刃更，這時——

「刃更弟弟，你就隨潔絲特去做吧……她是認為你會高興才獻上初吻的喲，你這個主人怎麼能不回報人家的心意呢？」

雪菈說些像是指責刃更的話後——

「————！」

刃更身體稍微一繃，接著一把將潔絲特湧入懷裡。

然後——使兩人真正成為主人和屬下的時間，就這麼以有如戀人的方式開始了。

——不過，起初是潔絲特單方面地服侍刃更。

即使用倒滿沐浴乳的黏滑乳房淫蕩地搓洗刃更的身體，刃更也默不吭聲地隨她動作。然而，這讓潔絲特有些不安。

「……刃更主人，請用我的身體告訴我，要怎樣才能讓您滿足吧。」

潔絲特懇求似的一吻，彷彿將心意送進了刃更心裡，讓他開始積極索求潔絲特——從這一刻起，潔絲特嘗到了無數次的高潮。

每一次咬著耳朵揉胸、咬著耳朵抓臀，都讓潔絲特為自己這麼輕易就被快感填滿而詫異，並在刃更面前展露自己高潮的痴態。

潔絲特對此並不排斥，因為無論多麼害羞，都比不過她感到快樂和幸福。當嵌在浴場牆上的時鐘指針緩緩走完一圈時——

「哈啊……嗯、啾、嗯啾、啾撲……哈啊！刃更主人……嗯呼……咧啾……」

潔絲特和刃更的接吻，基本上已經變成劇烈交纏兩舌的唾液交換。

從背後被瘋狂揉胸、扭過腰回首激吻——儘管這樣的姿勢有些難受，但在刃更給她的更為強烈的快感和幸福之下根本不算什麼。潔絲特的女性本能節節高漲，陷入完全的痴狂。兩眼因情慾渙散的她——

「刃更主人，吸我嘛……請讓潔絲特的胸部也像澪大人一樣敏感嘛。」

撒嬌似的搖起胸部，刃更也立即應了她的要求。他讓潔絲特面對面地坐在大腿上，揉著她兩臀含住那對發硬的胸部尖端，大聲地吸吮起來。敏感部位遭到同時強行夾攻——

「呀啊！啊啊……呼嗚！嗯啊啊……嗯、嗯呼……呼啊啊啊♥」

讓潔絲特在刃更腿上扭腰，沉醉地在主人的愛撫愉悅地蠕動。下腹深處從不久前就熔成一團熱流，彷彿隨時要燒起來；沾滿快感而溼淋淋的敏感部位，開始湧出淫褻的汁液，順著大腿流個不停。

在男人腿上縱情擺臀——這可是世界上最淫亂的舞蹈。潔絲特垂下視線，要看看自己的腰扭得究竟是多麼痴狂，這時她才終於注意到——刃更也因為男性反應而脹大。

……刃更主人，因為我變得這麼……

自己這樣的人居然能讓刃更如此興奮——這個事實，讓潔絲特那副變得極為敏感的身體更為激動；被慾火燒紅的口中，霎時積起大量濃稠的唾液。

將滿嘴唾液一口咕嚕吞下後——

「刃更主人……啊……」

潔絲特緩緩溜下刃更大腿，跪在他腰前。

只顧自己沉溺於快樂卻無法滿足主人的屬下，沒有存在的意義。於是她慢慢抬眼望向刃更，以濕濡的眼眸對刃更表示自己的請求。

刃更什麼也沒說——

「————」

只是表情平和地溫柔撫摸潔絲特的頭。

這樣就夠了。即使不經言語，也足以讓潔絲特明白刃更的准許。

——所以潔絲特用自己的嘴，開始侍奉刃更的私處。

之後的一切，是那麼地令人神迷——讓潔絲特閉上雙眼，將所有神經都集中於用舌頭和口腔服務刃更上。爾後——

「……——咦？」

潔絲特睜開眼睛，發現自己和刃更雙腿交纏地躺在浴場地上。

雙方都是一絲不掛。刃更將臉埋在潔絲特乳間，發出安穩的鼻息。

到底發生了什麼事——潔絲特不禁愕然，這時——

「——妳醒啦，潔絲特妹妹？」

一道氣定神閒的聲音喊來。轉頭一看，雪菈坐在浴池邊。

「雪菈大人，我……」

「妳應該還記得吧——無論快感讓妳多麼沉醉，在當時主從契約的詛咒發動的情況下，妳一定會記得的。」

「…………啊。」

這話鮮明地喚醒了潔絲特不久前的記憶。即使刃更嗆喉的雄性費洛蒙另她發暈，她仍痴痴地含住刃更的分身。

第3章 新的主從契約

『嗯啊……嗯唔、啾哩、咧嚕、啾嚕……刃更主人♥哈噗……啊嗯、啾嚕……嗯……哈呼、啾嚕……噗滋……噎嚕……嗯哈……啊、噗啾……』

潔絲特不停纏舌侍奉、含在嘴裡細細吸吮，刃更硬挺的分身也在她嘴裡愉悅地陣陣跳動——為了更加滿足刃更，深為陶醉的潔絲特不斷試誤，找尋刃更喜歡的方式。

『嗯……啊啊……嗯嗚、刃更、主人……哈啊……啊啊……呼啊♥』

對了——後來潔絲特不只用嘴，還用上了豐滿的胸部，將刃更的分身不留縫隙地夾進乳溝，以自己的乳房忘情地服務刃更。

和吸吮時不同，每次以乳房夾緊摩擦，胸部都會發出咕啾咕啾的淫穢聲響。侍奉刃更的喜悅，和自己大肆搓揉胸部的悖德感，使潔絲特的肉慾更為尖銳，無法自拔。接下來——

「我——……」

潔絲特終於想起自己和刃更一起迎接的狂喜的瞬間。潔絲特將試圖發洩在她胸上的刃更強行壓倒在浴場地上，雙手摟住他的腰，整個人緊貼上去——再度將刃更的分身送進嘴裡。

——隨後，那一刻的經歷在潔絲特腦中鮮明地重演。

讓她回想起——刃更的炙熱奔流在潔絲特嘴裡氾濫時的一切，以及——

（……刃更主人、刃更主人、刃更主人……♥）

自己在心中無數次地呼喊刃更的同時，將它們全吞了下去。每一次懷著對刃更的感謝抽動喉頭，那團濃稠的快感便接連流進潔絲特體內——僅是如此的感覺就使她高潮不止，全身為濃烈的幸福不自主地顫動。最後，等到它們全溜過潔絲特的喉管——

「……啊……」

想起後來發生的事，一陣近似酥麻的寒意讓潔絲特輕輕一抖。

「——妳想起來啦？」

雪菈看透了潔絲特的心似的笑著說：

「玩瘋了的妳真的好猛喔……明明是第一次卻嫌一次不夠，死纏著刃更不放，再用嘴巴做了三次、中間又用胸部弄了兩次，前途光明啊。刃更一定累慘了吧——要感謝自己有一個這麼強壯的主人喲。」

「…………是。」

害羞地幾乎要讓自己縮小不見的潔絲特點點頭。即使深陷於快樂之中，那樣忘我地貪求刃更，實在是太羞人了。然而潔絲特還記得，刃更每次在潔絲特胸上和嘴裡爆發時，都會用力地呼喊她的名字。

表示他也一樣貪求著自己。所以——

「…………」

潔絲特摸摸自己的頸部，那裡已沒有主從契約的詛咒發動時的項圈狀斑紋，也沒有催淫的甜美痠疼。那就是自己為刃更盡了侍女的責任、確實服侍了他的最佳證據——所以她再也無法克制。

意識淡去前，潔絲特在彼此雙腿交纏的狀態下，說出刃更最後在她耳邊低語的話。

「……我真的做到了呢。我終於真正成為刃更主人的屬下——還有家人了。」

潔絲特彌足珍惜地深深緊擁睡臉安詳的刃更，喃喃地這麼說。接著——

「恭喜妳脫胎換骨，潔絲特妹妹……為以防萬一，我先問妳。」

雪菈說道：

「——妳還對自己成為刃更的屬下陪伴著他，有任何不安嗎？」

「沒有。」潔絲特噙著淚水，搖頭回答前任主人的問題。

對於成為刃更的屬下，再也沒有任何愧咎——只有確切的幸福。

第4章 在橫掃戰場的風中

1

這裡，是個瀰漫靜謐的場所。

這建立於維爾達城後方的山丘上——直接削掘巨大岩層而成的寬廣空間，是魔王威爾貝特的靈廟。

——現在，野中柚希造訪了這偉大魔王靈魂的長眠之處。

當然，她不是獨自一人——柚希是隨行而來的。

身旁是和她一樣，隨行來到這裡的胡桃。

而柚希眼前還有另外一人。在威爾貝特的巨大墓碑前，有個堅定地抬頭仰望的少女——澪。

「————」

來到這裡，算算已有三十分鐘，澪始終佇立不語。不過——

第4章 在橫掃戰場的風中

……她想待多久，就讓她待多久吧。

這是澪第一次到生父墓前致意。柚希對澪至今的經歷和現況也有充分了解，知道她心中充滿各種念頭和複雜的感情。

所以——即使無法得到回應，她心裡也有很多話想對威爾貝特說吧。身旁的胡桃也明白這點，毫不埋怨地和柚希一起等待。不久——

「…………謝謝，可以了。」

澪這麼說之後，背對威爾貝特的墓碑回到柚希和胡桃身邊。

「……舒服一點了嗎？」

柚希的問題讓澪微微苦笑。

「不知道耶。我本來就沒見過他，這又只是他的墓。就算跟我說裡面的人就是我的親生父親，我也沒什麼感覺……很薄情吧？」

「不會呀，我覺得這樣很正常。」

兩手背在腦後的胡桃，仰望著威爾貝特的墓碑說：

「來看從沒見過的父親的墓還能哭得唏哩嘩啦才不自然吧，像演出來的。」

「…………嗯，也對。」

謝謝——這麼說的澪，臉上苦笑更深了。她或許是想裝作若無其事的樣子吧——但她的表情卻十分地寂寥。

「…………………」「？怎樣啦，柚希？」

柚希的直視，讓澪不明就裡地問，表情已恢復成柚希跟胡桃所知的她，所以柚希回聲：

「沒事」。

……就算只是逞強也無所謂。

對於澪這部分，柚希直率地感到欽佩。柚希幾個一出生就理所當然地受勇者一族的教育、知道自己的使命；但澪的起點完全不一樣，她過去過的都是普通人的生活，當自己是個普通少女。

可是有一天，雙親忽然遭人殺害——並知道自己不是人類，而是魔王的女兒。然而這位名叫成瀨澪的少女，基本上並不為此向人泣訴或抱怨；即使煩惱、痛苦、迷惘從沒少過——但她依然一路前進；即使現在來到魔界面對自己的身世，這點也沒有改變。

「對了……來到這邊，有讓妳比較清楚該怎麼做嗎？」

「……沒有。我想了很多，不過還是沒有結論。」

澪搖搖頭說。

——澪一旦下定決心，一定會引發一連串的狀況，沒有反悔的餘地。

因此——即使來到魔界已經三天，她依然無法決定。這影響的不只是澪，她身邊的刃更

第④章
在橫掃戰場的風中

和柚希幾個都會受到波及，更將牽連整體魔界的未來，會猶豫也是難免。而且——

……澪會猶豫，都是因為那個男的……

野中柚希腦裡浮現的，是穩健派現任首領拉姆薩斯。大家都不知道他在打什麼算盤，克勞斯每天都會露臉和澪說說話，拉姆薩斯這三天來卻固執地拒絕與澪會面。

不和雙方都溝通過，是不可能做出適當判斷的。事實上——澪在前往魔界前，就對柚希幾個明言自己沒有成為新魔王的意思。所以就現實而言，選項只剩下依拉姆薩斯的要求，將力量交給穩健派，或是就這麼返回原來的世界兩個。而既然拉姆薩斯拒絕與澪對話，那麼答案應該很明顯了。

……可是。

澪這麼猶豫，是擔心一旦拒絕穩健派的要求，自己可能會落入很危險的處境吧。澪能從現任魔王派的威脅中存活到現在，是萬理亞的功勞——也就是拜穩健派所賜。即使好不容易打倒了佐基爾，現任魔王派也依然健在，哪時遭到襲擊都不奇怪。

在這樣的狀況下，假如決定拒絕穩健派雙方的要求，自己會瞬時孤立無援。因為勇者一族將澪視為魔族，將現任魔王派要對她不利當作魔族內鬥，只會隔岸觀火。

……再說。

倘若與穩健派交惡，就會讓萬理亞面臨兩難。儘管萬理亞自己說過若有萬一，她願意離開穩健派，和澪一起行動；可是，萬理亞發現雪菈平安無事，知道自己真的擺脫佐基爾的脅迫後的神情——流下的眼淚，澪都看在眼裡，應該不會答應她那麼做、要她放開與家人的感情吧。曾失去家人——在邂逅刃更前無法走出痛苦的澪，絕不會希望萬理亞遭受同樣折磨。

另外——

……來到魔界前，刃更一直很擔心潔絲特。

然而，現在不需要這麼為她擔心了。因為潔絲特已經在自己來到魔界那晚，就在雪菈的提議下和刃更締結主從契約，如今立場和柚希或澪相當。若說柚希對曾是敵人的潔絲特與刃更結下主從契約有無怨言，那當然是有——

……可是。

在大家來到魔界前，刃更曾表示假如有必要，可能會帶潔絲特一起回去；所以得知他們結下主從契約時，柚希幾個的心情也沒有多大波瀾——除唯一不滿的胡桃外。

……不過。

刃更接受了欺騙他的澪，還原諒了一度協助佐基爾的萬理亞，這樣的人會決定接受潔絲特也是可以預期的。澪和萬理亞的立場都曾與潔絲特類似，自然沒立場說話。

至於柚希——則是因為自己如此重視、期望守護的刃更是這麼善良的人，才會為他吸引。現在，潔絲特應也為刃更心醉，考慮到未來需要，能得到潔絲特這樣戰力高強的夥伴也頗令人安心。

畢竟——後來聽說，刃更和潔絲特會結下主從契約，是因為刃更差點與拉姆薩斯陷入一觸即發的狀況，而這也造成了他現在的缺席。與穩健派首領拉姆薩斯對立，使刃更部分行動遭受限制，不准進入這座威爾貝特的靈廟，只好和潔絲特跟萬理亞留在維爾達城裡。話說回來，儘管是因為起過衝突，曾是勇者一族的刃更禁止踏入靈廟，仍是勇者一族的柚希和胡桃卻能得到允許，真不明白判斷依據究竟為何。不追究——反正自己也不是完全自由，露綺亞和克勞斯各派了一名侍女候在靈廟外，負責監視她們。但即使如此——

「那個叫拉姆薩斯的……到底在想些什麼啊？」

返回室外的陰暗通道上，走在柚希和澪面前的胡桃嘟噥著說。

「如果那個叫克勞斯的老爺爺現在是想拖時間，還不難理解……」

「…………嗯。」「………………」

澪對胡桃的話點點頭，柚希則以沉默表示認同。企圖使澪成為新魔王的克勞斯陣營，才會想讓澪盡可能久留魔界，加深她對穩健派——威爾貝特和維爾達及其居民的感情，進而從中獲利；想從澪身上抽出威爾貝特力量的拉姆薩斯，應該會希望速戰速決才對。

……那個男的到底是……？

從旁人角度來看，這個對拉姆薩斯不利的局面，完全是他咎由自取。難道他真的是別有用心或另有謀算，只是沒人看得出來？

「————」

就在柚希懷著某種難以形容的不快，和澪跟胡桃在通道上走向出口時。

靈廟地面，伴隨搖撼大氣的低響上下震動起來。

「——地震？」

相對於錯愕地左右張望的澪，柚希當機立斷地大喊：

「快跑！——到外面去！」

胡桃和澪立即跟隨拔腿就跑的柚希奔向出口。

——這座靈廟是建立在直接從岩層削鑿而成的，類似洞窟的空間之中。

由於是偉大君王的靈廟，為防止不肖之徒的破壞等不測，內部設有禁用各種魔法的結界，墓碑周邊當然也經過能抵抗各種天災的設計，但通道就不一定安全了。倘若頂部坍塌，被碑石堵住出口，在無法使用魔法的情況下多半無法自力逃脫——因此，柚希三人一口氣衝過靈廟的通道。

即使震動已在半途停下，但不知是否會有餘震或震得更激烈，所以為了確保安全並了解發生了什麼事，必須儘快離開靈廟。

「——看到出口了！」

第④章
在橫掃戰場的風中

戶外光線跟著胡桃的叫喊出現在視線前端——緊接著，柚希三人逃離了靈廟。首先做的，是確認現況。

「——妳們兩個，沒事吧！」

澪放聲問道。對象不是柚希和胡桃，而是跟隨她們的侍女。在外等待她們回來的兩位侍女所幸平安無事，不過——

『…………………』

她們對澪的關心沒有任何反應。

只是佇立不動，從山丘遙望維爾達市區。因此下一刻，順侍女們視線望去的柚希等人也看見了同樣的畫面。

「那是——……」

維爾達城外牆遭到破壞，敵人攻進了市區。

然而——若只是遭到敵人入侵，侍女們不會傻在這裡，至少該進靈廟通知發生緊急狀況，協助澪避難才對。

那麼——究竟是什麼讓她們連這種事都忘了呢？答案就在柚希等人視線彼端的畫面中。

即使這座山丘和市區間隔了一座維爾達城的距離，她們依然能以肉眼看見「敵人」的入侵。

「……那是什麼啊——」

身旁的胡桃茫然低語。難以置信的狀況，正在她眼前發生。

三個身高至少二十公尺的巨人，攻進了維爾達。

2

有個人，正冷靜地觀望維爾達城周邊市區大為混亂的模樣。

那站在三具巨大英靈其中之一肩上，低頭看著民眾尖叫著倉皇奔逃的，是自願帶頭攻打維爾達城的加爾多。

……真了不起。

加爾多暗自讚許真的在這麼短的時間內，將英靈調整完備的路卡。那年紀輕輕的孩子從英靈的修復到設定加爾多為新主人全都一手包辦，甚至整備到能夠投入實戰的程度。即使遺跡中還挖出了其他更強力的英靈，不過力量愈強也就愈難控制，而且沒時間為這次作戰重定契約，不過，這樣應已十分足夠。

「──可惡的怪物！」

一群看似市區衛兵的人為爭取民眾避難的時間，一齊向英靈發動攻擊。地面上張開許多

第④章
在橫掃戰場的風中

魔法陣——往加爾多和英靈射出無數光矛，可是——

「……——打爛他們。」【【【————】】

對加爾多發出的命令，英靈們立刻做出反應。他們高舉右拳，向地面上的衛兵們直搗而下，彈開所有飛來的光矛——下個瞬間，該處爆出落雷般的轟聲和衝擊。地面有如遭到爆破般濺散，霎時漫天飛沙。緊接著——英靈們收回搥下的拳、沙塵散盡後，底下露出的是衝擊轟出的陷坑，以及前幾秒還是衛兵的大量血肉。目睹了整個過程的民眾——

「！！——嗚啊啊啊啊啊啊啊啊啊啊啊啊啊啊啊！」

陷入更嚴重的恐慌，開始沒命地逃竄。

當加爾多默默注視這一切時——

「哎呀呀……真是厲害啊。」

近處建築物屋頂上傳來一點也不緊張的聲音。加爾多轉過頭，看見的是一名年輕的高階魔族。那是命令雷歐哈特動用英靈進攻維爾達的樞機院，派來檢視成果的監察。

「這英靈的完成度還真高啊。看樣子，我是用不著出場了。」

「當然……從一開始，我就沒想過借用你的力量。」

「那可真是失敬啦。話說加爾多閣下——我等前不久向維爾達城發出通牒，叫他們把威爾貝特的女兒交出來，而周邊勢力也應該很快就會收到消息，明白我們是師出有名吧——可是，你為什麼這麼簡單就放過這些平民呢？」
「……你是什麼意思，涅布拉？」
被叫出名字的監察，向質問他為何這麼問的加爾多淺淺一笑，說：
「通牒是用擴音魔法下的，她在這裡的事，城裡的人都聽見了。不滿於新任首領拉姆薩斯作風的人本來就不少，大家又知道他隱瞞了偉大的前任魔王的獨生女來到城裡這樣的大事──現在，城裡還因為那個女孩遭受攻擊。民眾對他的不滿，一定開始轉變為憤怒了吧。」
所以──涅布拉繼續說：
「現在應該再加把勁──虐殺這些平民。如此一來，穩健派就會從內部自動崩潰。這麼好的機會，怎麼可以平白放過呢？」
「…………聽好了，涅布拉。」
「是的，有何吩咐呢，加爾多殿下？」
涅布拉嬉皮笑臉地回答低聲喊來的加爾多。
「樞機院給你的命令，應該是觀察英靈的戰況吧，少在那裡說些有的沒的。假如你敢做些多餘的事──小心你也會變成肉屑。」
「…………我知道了。你是威爾貝特的繼承者中最右翼的人選，我還沒有傻到會與你為敵呢。除非事態嚴重，否則我基本上還是會堅守監察使命，在一邊見習你的戰鬥方式的。」

「…………」

加爾多對戲謔地聳肩的涅布拉沒多表示意見，只說：

「在對方交出威爾貝特的女兒之前，我們分三路推進。別理會那些平民，雷歐哈特不喜歡無謂的殺生。不過——膽敢礙事的，一律格殺勿論。」

【【【————】】】

接到加爾多的命令後，英靈們眼中發出沉光。

站在英靈肩上的加爾多直視著前方說道：

「破壞目標，維爾達城——開始進攻！」

第4章 在橫掃戰場的風中

3

成瀨澪在山丘上，看著巨人們同時展開行動。

即使分為三路，也能從行進路線明顯看出他們的目標是維爾達城。

「糟糕了——這怎麼行！」

當澪等人發現敵方的企圖而焦急地想返回維爾達城時——

「——澪大人！您還好嗎！」

有個人氣喘吁吁地衝上山來——是侍女諾耶。

跑到澪面前的她放心地吐了一大口氣後說：

「……太好了。各位有沒有受傷？」

「我們沒事。諾耶，現在到底是什麼情況？」

諾耶嚴肅地回答不明就裡的澪說：

「現任魔王派攻過來了。他們不知道從哪弄來您在這裡的消息……就說您繼承了威爾貝特陛下的力量，是造成新紛爭的危險因子，要用這次攻擊斬斷未來的禍根什麼的。」

總之——

「如果希望他們停手撤兵——就要把您交出去。」

「什麼嘛，簡直豈有此理……那是在說穩健派有力量就是威脅，他們有力量就不危險的意思嗎？」

胡桃不平地說。

「從很早以前，他們就到處尋找澪大人，想占據陛下的力量了。為了加強對魔界的掌控力，他們隨時都很可能做出不計形象的事——露綺亞大人這麼說過。」

第4章 在橫掃戰場的風中

聽了諾耶的解釋——

「——情況我大致是知道了，可是那些巨人又是什麼東西？」

柚希表情凝重地問。儘管能推測敵人的心思，但推測再多，答案也只有對方才知道；所以現在該優先做的，是處理眼前明確的危機。

「雖然無法確定——不過克勞斯大人說，那多半是舊時代的英靈。」

「也就是敵人嘛……好啊，看我殺他們一百次，給他們點顏色瞧瞧。」

澪「哼」了一聲後問：

「刃更他們呢，應該都在城裡吧？」

「因為發生緊急狀況，就請他們到市區幫忙了——刃更先生和潔絲特一組、瑪莉亞和露綺亞大人一組，去抵擋敵人進攻。」

既然穩健派和現任魔王派處於戰爭時期，就隨時都可能遭到攻擊。因此，澪等人已事先決定出事時該如何行動——假如平民遭到戰鬥波及，所有人都要應戰。於是——

「刃更先生要我轉告柚希小姐和胡桃小姐，請兩位抵擋從西方過來的巨人。」

「知道了——胡桃。」

「——沒問題。」

聽了諾耶傳話，兩人毫不猶豫地動身。當柚希開口時，胡桃已經詠唱完飛行魔法——兩人在下一刻就飛上了空中。

「等、等一下——要去也帶我一起去嘛！」

但是，朝兩人背影大喊的澪卻被諾耶拉手制止。

「不可以。澪大人您要留在這裡，直到戰鬥結束為止！」

「放開我！……為什麼要拉我，是克勞斯先生的命令嗎！」

即使被澪狠狠一瞪，諾耶也直視著她的眼說：

「沒錯——可是露綺亞大人和刃更先生也贊成克勞斯大人。」

「不會吧……為什麼？」

澪錯愕地問。

「假如澪大人這時候露面，就會讓敵人攻擊的名目成真。要逼現任魔王派對這場暴行負起責任最有效的方法，就是要讓他們攻擊的理由本身站不住腳啊！」

「可是……為了這種事造假，穩健派還有正義可言嗎？」

「我知道您想說什麼，可是現在不能感情用事——政治就是這麼回事啊，澪大人。化解對手打出的牌再藉此反將一軍，是政治的鐵則啊。」

「可是……要我只是躲在一邊看，我實在——」

「我很明白您的心情！不過，澪大人當時應該人在威爾貝特陛下的靈廟裡所以沒聽見，敵人用擴音魔法告訴維爾達所有人為什麼要攻擊，還要求大家把您交出去，弄得人心惶惶，很多人抓著幫忙引導民眾到城堡避難的士兵逼問究竟是怎麼回事。」

所以——

「如果您在這種情況下現身，民眾的憤怒很可能就會轉到您一個身上；就算成功抵擋了這次攻擊，拉姆薩斯大人和克勞斯大人也會失去民心，造成人民對政治徹底失望，甚至可能會引起暴動。如果您現在無法克制自己，就會完全中了敵人的圈套啊！」

「我——」

聽了諾耶悲痛的請訴，澪不禁茫然呆立——就在這時，搖撼大地的轟隆聲和衝擊再度爆發。

「——！」

發自背後的衝擊使諾耶忍不住縮成一團，接著——

「天啊……」

目擊這瞬間的成瀨澪擠出聲音似的呢喃。穿過中央大道的英靈要在地上挖條坑般大腳一踢，將阻擋其去路的無數士兵轟進空中。

那些飛上天的士兵，已經看不出半點原形。肉體迸裂的士兵們，殘骸有如紅色的煙火，在維爾達市區空中飛散——隨後，踢擊產生的衝擊波，將腿掃軌跡延長線上的建築物瞬間掃平。

4

遭到英靈踢出的衝擊波，轟中了一群人。

那是市區的衛兵。他們企圖由側面攻擊英靈，嘗試沿平行於英靈行進路線的鄰道接近，卻遭到前一支攻擊隊伍的池魚之殃而潰散。現在——

「……唔……啊唔……可、惡——……！」

連同屋舍一起被轟飛的衛兵中，有個人仍有呼吸。那是想在咖啡廳後頭的小巷非禮潔絲特卻被刃更修理了一頓的那個古倫。

即使頭和肩膀等部位血流如注，古倫仍站起身，看看四周慘況。

附近的街坊，已被破壞得不忍卒睹。

同隊衛兵中——除古倫外沒有一個人倖存。

「……什麼跟什麼啊……」

古倫來到維爾達，是在威爾貝特死後——穩健派大規模募兵那時。原本是打算投靠勢力

第④章
在橫掃戰場的風中

剛開始發展的現任魔王派，選擇這裡，是認為即使是在大戰中沒有顯赫戰績的自己，也一定能在失去威爾貝特而兵力嚴重流失的穩健派中討得公職。

果不其然，古倫被錄用為市區的衛兵。不過，古倫是為了混口飯吃才不得已選擇穩健派，本身對這個城市和自己的工作沒有多少感情或歸屬感——至少，他過去是這麼想的。然而，無論在這城市的生活多麼枯燥，時間一天一天過，自然會習慣到某些店吃喝，與同袍的交情也日益深厚。這是古倫在選擇成為穩健派士兵的不得已中，仍能在這座城市得到的事物。

然而這一切——如今，已從古倫眼前消失殆盡。凶手是現任魔王派的巨大英靈。

「！————」

嘎吱咬牙的古倫，發動設在職配輕甲背面的飛行魔法直接升空，雙眼鎖定在鄰道走向維爾達城的英靈。英靈肩上，有個看似操縱者的高階魔族。破壞了那麼多房舍、殺了那麼多士兵，他們卻若無其事地不停向前邁進。因此——

「！……你們以為自己是什麼東西啊啊啊啊啊啊啊啊！」

古倫將激情化為吶喊，就此對英靈施放攻擊魔法。右手射出的電球在向周圍放電的同時直線穿過空中，帶著劇烈爆裂聲命中英靈側頭。

「哈啊……哈啊……知道厲害了吧……——？」

那是古倫使出渾身解數的一擊。原以為至少能稍微洩個恨，英靈卻彷彿在嘲笑這種想法，行進速度絲毫未減。連腳步也拖不了——相較於為這事實茫然失措的古倫，英靈頭也不回地向後橫掃右拳，將附近建築的巨大煙囪連根轟飛。

「————啊。」

聽見轟聲時，巨大的煙囪碎塊已經逼到古倫眼前。

連閉眼都來不及，煙囪就要撞上等死的古倫——但就在那之前，一道魔法陣要保護他似的在面前張開，煙囪一撞上魔法陣就霎時分解成石塊、碎沙，散落地面。變化之快，讓古倫一時間不知道發生了什麼事時——

「那不是你能應付的對手——快點撤退，這裡交給我們。」

上方傳來沉靜的話聲。古倫連忙抬頭一看——

「……！妳不是……？」

那是個熟悉的女子。不會錯，儘管在街上見到時穿的是侍女服，她仍無疑是古倫試圖輕薄的對象——潔絲特。不過，潔絲特一眼也沒看古倫，視線定在其他東西上。那是單手握持巨大魔劍，在英靈行進道路旁的建築物上疾速奔竄的少年。

「那個人——」

古倫見過那名少年，他絕不會忘記那個狠狠羞辱過自己的人。

第4章
在橫掃戰場的風中

可是——在惱怒之前，古倫先感到情緒，是驚訝。

他在英靈為迎擊而揮下拳的前一瞬跳開。在建築物轟隆崩毀、屋瓦漫天飛散之中——落在英靈手臂上的少年一口氣衝上肩膀，斬向高階魔族。是一記直線下劈。

「…………」

而高階魔族只是右手一揮，張開護壁抵擋少年的斬擊。然而——

「喔喔喔喔喔喔喔喔喔喔喔喔喔喔喔喔喔喔喔喔喔喔喔喔喔喔喔！」

少年帶著充滿氣勁的嘶吼，乘衝刺的速度強行斬下魔劍。劍刃當場將護壁劈成兩半，直逼高階魔族。

「————」

防禦失敗的高階魔族被迫進行迴避，向後跳躍，從英靈肩上退入空中。少年也從英靈肩上躍起，追著魔族衝上空中。

「那是……」

少年並沒有使用飛行魔法。遭英靈破壞的建築物改變了形狀，成為昇入空中的踏台。

那是來自古倫正上方的潔絲特的魔法。

「我再說一次——快點撤退。」

潔絲特到最後仍沒看古倫任何一眼，留下這話就奮力振翅飛向英靈——少年對高階魔族、潔絲特對英靈的戰鬥就此開始。

在古倫絕對碰不到的位置。

加爾多看著那名人類少年，踩蹬土系魔法創造的踏台迅速逼近。

……潔絲特幹的嗎。

在他的下方，方才加爾多乘坐的英靈正開始跟有翼的女魔族交戰。

加爾多知道樞機院議員佐基爾手下，有個名叫潔絲特的親信。

雖知道她擅長使用土系魔法，但沒實際見過她的戰法。竟能與英靈交戰的同時支援同伴，果然有兩下子。聽說，她在佐基爾死後投靠了穩健派——看她戰鬥的樣子，失去主人對她似乎毫無影響。加爾多命令英靈解決潔絲特後——

【————】

英靈將潔絲特明確地鎖定為敵人，展開了真正的戰鬥。

……接下來。

加爾多的注意力回到朝他奔來的人類少年上。在對方將距離縮短至戰鬥距離前，加爾多在自身周圍展開重重魔法陣列——下個瞬間，同時向少年射出無數火球。

第4章
在橫掃戰場的風中

「！——」

少年對直撲而來的火球陣立刻反應，右手反握魔劍，連續揮掃潔絲特創造的踏台。反持的巨大劍身以不同於斬切的槌打破壞岩製踏台，細小的碎石成為干擾片——

嘶砰砰砰砰砰砰砰砰砰砰砰砰砰砰砰砰砰砰砰砰砰砰砰砰砰！

擊中加爾多的火球而引起爆炸——同時造成大規模連鎖誘爆。緊接著——

「……——喝啊啊啊啊啊啊啊啊啊啊啊啊啊啊啊啊！」

少年衝破團團爆煙突襲而來。對他凌空扭身擊出的劈斬，加爾多朝右臂送入魔力迎擊。

下一刻，少年的魔劍砍上加爾多的手臂——

喀鏗————————————！

在維爾達上空激出尖銳的敲擊聲，兩人就此當空對峙。

「……你是東城刃更吧。」

加爾多的話使刃更表情略微繃緊。

「報告上說，威爾貝特的女兒有迅．東城的兒子在保護。」

「……………」

少年沒有回答，但那明顯是默認。

據聞，他是屬於速度型。能夠在高速之中瞬時確切地判斷狀況，並以最精簡的方式進行迴避和防禦，並毫不遲滯地發動攻勢——

……原來如此，功夫確實不錯。

拉斯的報告中，提過他勉強與佐基爾過了幾招——但看這樣的反應速度，就算不至於平分秋色，至少也能好好打上一場。與佐基爾交戰至今沒有多少時日，表示他在這麼短的時間裡就獲得了如此的成長。可是——

「……你太大意了。」

加爾多對眼前的刃更說：

「就算把威爾貝特的女兒藏起來，你現在傻傻出面，就等於在說她也在維爾達啊。」

「是嗎？我出現在這裡，不代表澪一定也在這裡吧？你的話根本就沒有真憑實據，完全是臆測罷了。聽說你們攻打這座城市，是因為澪躲在這裡——」

眼前的少年終於開口，帶著淺淺的笑容說：

「——不過你們該不會只是因為迅．東城的兒子在這裡，就認定威爾貝特的女兒也在這裡才進攻的吧？如果這麼可笑的理由傳了出去，可是會笑掉其他勢力的大牙啊。」

聽完刃更的話，加爾多淡然回答：

「等我解決了你和你的同夥後把她找出來，進攻這裡的正當性，要多少有多少。」

「相反地——只要在這裡打倒你和那些英靈，別說是澪，你們就連我的存在也證明不了，你們進攻的正當性也會跟著瓦解了。」

「──你以為你辦得到嗎？」

「這可難說啊……」

刃更表情忽然嚴肅起來。

「如果我非打倒你不可，我也只好豁出去了──所以我才來到這裡。」

刃更眼神堅定地直視加爾多說道，其中沒有絕對能戰勝加爾多的自滿，只有無論如何都得贏的決心。因此──

「──好吧，我就跟你打一場，東城刃更。」

加爾多說道：

「可是──如果你是真的想打倒我，不是應該找其他同伴來幫忙嗎？底下雖然有潔絲特在擋，不過英靈還有兩具。如果動作慢了，小心維爾達城就這麼沒囉？」

刃更哈哈笑了兩聲，回答：

「謝謝你的忠告──這種事不需要你說。」

這時，加爾多聽見遠處傳來轟聲。

側眼一看，由東側路線行進的英靈側頭遭到橫擊，正踏步穩住重心。

看來除刃更和潔絲特外，還有其他人已與英靈交戰。

英靈周圍有兩道人影快速竄動——看清人影後，加爾多兩眼一瞇。

「那是——那對夢魔姊妹嗎？」

5

擋下由東側路線行進的英靈的，是露綺亞和瑪莉亞姊妹檔。

「雖然女人喜歡高大的男性，不過大過頭可是會有反效果喔——小木偶♪」

對於在英靈頰上擊出強勁一拳，撼動了其巨大身軀而笑嘻嘻的妹妹——

「戰鬥中廢話少說，瑪莉亞——」

也換上戰鬥服的露綺亞冷靜地說。她站在街燈頂端，面前就是具有壓倒性巨大身軀的英靈。

「而且，該打的不是臉頰，而是這裡。」

露綺亞接著揮出的，是右手上的鞭子。剎那間，一道響亮的爆裂聲「砰！」地炸響，來自斜下方的衝擊掃過了英靈的下顎。與萬理亞的拳擊方向相對的邊掃，將失去平衡的巨大英靈打回直立。

「這樣更容易搖晃對手的腦部。不過身為肉搏格鬥士的妳，怎麼會不知道這麼基礎的事呢……」

露綺亞悲歎地說：

「再者，現在是防衛戰。儘管首要目標是打倒敵人，妳的行動也必須考慮到如何將周遭被害降到最小。其他人做不到就算了，怎麼可以連我們也不盡力用心保護自己的故鄉呢？」

知道露綺亞的用意是防止英靈壓壞城市後——

「啊！對不起，露綺亞姊姊大人。那我就——」

瑪莉亞連忙道歉，並踩踏鄰近牆而跳向英靈。但是——

【…………………】

英靈看出她的企圖，要打下瑪莉亞似的揮出左臂。

「嗡轟！」地震響空氣的巨手飛快一振，迎擊試圖接近的瑪莉亞。

……糟糕！

露綺亞下意識地想揮鞭幫助瑪莉亞。因為瑪莉亞在空中沒有立足點——而她所熟知的妹妹，不可能躲開那樣的攻擊。然而——

「——喔！」

瑪莉亞卻不慌不忙地向橫轉身，隨慣性掃出的尾巴打在逼來的英靈手臂上——並以此為支點，從下鑽過英靈揮開的手，只有風壓吹亂了頭髮，人平安無事。

「————」

當露綺亞訝異於瑪莉亞的快速反應時，原本企圖直接攻擊下顎卻被迫向下迴避的瑪莉亞仍未放棄目標，抓上英靈的左鎖骨猛力一拉強行縱翻，向上騰躍——

「呀啊啊啊啊啊啊啊啊啊啊啊啊！」

緊接著提勁一吼，從正下方全力踢擊英靈的下顎。砰！低沉的撞擊聲中，下顎遭受攻擊的巨大英靈仰起身，向後倒去——

「這樣怎麼樣啊，姊姊大人！可以嗎！」

回頭看來的瑪莉亞，帶著露綺亞所熟悉的表情。儘管如此，見到妹妹只是稍微離開一段時間，就有如此確實的成長——

……她變強了很多嘛。

一定是和刃更跟澪經過了不少激鬥吧。即使露綺亞已從報告中得知這樣的事實，實際目睹瑪莉亞的成長，還是為她感到驕傲——以及些許的惆悵。可愛的妹妹，或許再也不需要自己的保護了。不過——

「那只是改變倒地方向，還是一樣會破壞城裡的建設啊！」

露綺亞對探尋她反應的萬理亞嘆聲：「真是個傻孩子。」隨後跳離街燈，落在一旁的建築物頂端，並繞到英靈側面再次出鞭。爆裂聲中，改打在後腦杓的鞭擊使英靈向前站直。

「聽好了，瑪莉亞——像這種巨大的敵人，要盡量在不讓他倒下的情況下打倒他。」

「呃，這是不要打他但又要打倒他的意思嗎，姊姊大人……真的可能嗎？」

「不是。以前在我研究人類時讀過的人類書籍中，記載了很適合用來對付這類敵人的方法。」

還記得——

「大概是打右臉時，連左臉也要一起打的感覺。也就是說——只要兩次一組地攻擊，就不會有任何問題了。有右就要有左，有上就要有下；同理，從後方攻擊後，再從前方攻擊就行了。」

「原、原來如此。可是那句話絕對不是那個意思就是了。話說回來，能從那一節看出這種戰法……真不愧是姊姊大人呢。」

「那當然。我剛讀到那句話時，還以為是斬草要除根的意思呢。完全沒想到人類的書籍會記載對付巨大敵人的有效戰法。」

露綺亞感懷地說，並直視朝人在屋頂上的她回頭看來的英靈——

「雖然分頭攻擊也無所謂，不過既然是我們兩個——妳就好好配合我吧，瑪莉亞。」

「——是！」

與領首回應的瑪莉亞合力對英靈展開真正的攻勢。

露綺亞的鞭擊，瑪莉亞的拳腳。

夢魔姊妹完全成對的攻擊，掀起衝擊的風暴襲捲英靈的巨大軀體。

沉重的毆打聲和尖銳的爆裂聲，有如敲著一大一小的鼓交互合鳴——逐漸敲出一段節奏。步調契合的姊妹對英靈的攻擊化為即興演奏，兩種攻擊聲交織成節拍暢快的旋律。

【————】

露綺亞和瑪莉亞的連擊，完全不給英靈防禦的時間，更別說迴避或反擊。

然而似乎是玩過了頭，腳踏英靈肩部躍起的瑪莉亞——

「啊哈哈哈！——看招！」

朝英靈右頰送出一記迴身旋踢，擊出特別沉的重低音。

吃了這威力超群的一擊，英靈的巨大軀體以露綺亞的一般鞭擊無法抵消的速度向左翻倒。因此——

「嗯……不好了。」

露綺亞立刻對瑪莉亞無視於她的脫序演出做出反應，將揮鞭目標由英靈改為瑪莉亞。那不是攻擊，只是將瑪莉亞掃出迴身旋踢的右腳踝部，瞬時以鞭尾緊緊纏住，下個瞬間——

「咦……咿咿咿咿咿啊啊啊啊啊啊——！」

瑪莉亞發出悽厲的慘叫。露綺亞強行揮下右手，甩動纏住瑪莉亞腳踝的鞭子，要她為自己的得意忘形負責般整個人當鏈球直接砸上英靈左頰。

在以「啪鐺！」形容也過於誇張的撞擊聲中，逐漸倒下的巨大英靈又恢復直立。瑪莉亞的身體，在英靈左頰上清楚留下了一個「大」字印。

「嗚嗚……露綺亞姊姊大人，這樣也太過分了吧……」

「誰教妳不配合我亂來，我只是以其人之道還治其人之身而已。」

就在露綺亞冷冷回答淚眼汪汪地埋怨的瑪莉亞時。

市區的另一頭產生了新的動靜。

【————】

從西側往維爾達城行進的英靈，受到來自正上方的攻擊而跪下雙膝。

隨後——天上有個影子朝英靈急速下降。

「……她們也趕上了嗎。」

露綺亞不停對眼前的英靈揮鞭之餘說道。

不會錯——那是，趕赴這戰場的另一對姊妹。

野中柚希和野中胡桃這對勇者姊妹。

6

野中柚希從「咲耶」放出的衝擊波，成功阻擋了巨大英靈的行進。

但也僅是如此。英靈很快就重新站起，朝空中的她們仰望而來。這樣的事實——

……富士的護祐果然到不了這裡。

讓柚希表情沉痛。靈刀「咲耶」是誕生於凝聚了富士山靈峰之力的神木之中，因此在人界時，離富士愈近就愈能發揮其原來的力量——可是，柚希剛放出的衝擊波，威力遠不及應有水準。

來到魔界這個與人界不同次元的地方，影響果然很大。在佐基爾構築於特殊空間中又設了結界的藏身處雖也有同樣傾向——但與現在相比，那裡還能發揮足夠的戰力。

……可是。

怨言於事無補，柚希也絲毫沒這個意思。平常在人界時，魔族萬理亞和繼承威爾貝特血統的澪也背負著同樣的劣勢。

——既然她們都能一路奮戰至今，現在就是自己該拿出實力的時候了。

畢竟最後決定跟來魔界的不是別人，是柚希自己。無論是為了刃更、為了澪——還是為了自己，都不能拖累任何人。所以——

「胡桃——照原定計畫行動。」

「可是姊姊……現在的『咲耶』不是——」

即使使用飛行魔法、拘著柚希浮在空中的胡桃擔心地說，柚希仍輕輕搖頭。

「不需要擔心，我有我的工作要做——妳也應該做好自己的工作。」

「…………」

「——胡桃。」

在柚希以訓斥口吻這麼說之後，胡桃採取了一個行動——張開魔法陣。

「開始囉，姊姊……」「嗯——拜託了。」

柚希一點頭，胡桃就發動疾風魔法擊出氣團。

擊出的，是柚希周圍的空氣。於是下個瞬間——

「——————」

野中柚希連同氣團，以超高速向下彈射出去。如字面般化為疾風的她與巨大英靈擦身而過的同時，揮掃「咲耶」從頭部一口氣向下斬去，強烈的手感隨之而來。因此——

「————！」

柚希頓時面色凝重。「咲耶」劍柄傳來的手感太過強烈，表示刀刃被直接彈開，沒有砍進目標。那是藉由胡桃魔法的威力，以高速大幅加重力道的斬擊——然而還是斬不開英靈的身體。

於是柚希在著地後立刻向橫跳開，著地的位置隨即罩上一片黑影——並「嘶轟轟轟！」地在衝擊中爆散。英靈的左腳踩碎了地面。柚希勉強及時避開了這一腳——

「唔……！」

架勢卻忽然在空中瓦解。英靈的巨足猛力踏碎地面而產生的強勁氣流——吹開了人在空中的柚希。

【————】

英靈踩下的左腳不僅是攻擊，還帶動下一個動作，以左腳為軸心掃出右踢。英靈巨大的腳背以超乎想像的速度逼來，無暇閃避。

柚希即刻用「咲耶」畫出五芒星。在衝撞前一瞬完成的護壁，讓她免於被這一踢直接命中，可是——

「啊啊啊啊啊啊————！」

她仍被砲彈似的踢進空中，尖聲哀號。英靈的踢腿，將柚希連同護壁整個彈了出去。

……糟糕，照這種速度……！

第④章
在橫掃戰場的風中

在有如被捲入亂流的狀態下，野中柚希霎時焦急起來。

儘管能躲過被英靈直接踢爛的下場，但若以這種速度撞上石牆，柚希的肉體還是一樣會撞得不剩半點人形——當場慘死。

……拜託要趕上！

柚希拚命擠出力氣揮動「咲耶」，在背後張開魔法陣。

即使不夠完全也無妨，能以骨折或內臟受損的程度了事就夠了。可是——

「！——？」

背後的衝擊比想像中來得更快，使柚希下意識地準備領死，不過很快就改變了想法。柚希背後撞上的不是建築物的牆面——

「…………水？」

即使在水中，柚希的自囈依然發出聲響。內含氧氣、能讓人在裡頭呼吸的水團成為軟墊，接住了被踢飛的柚希。

能以魔法救她的，自然是——

「胡桃——……」

柚希在稍遠處建築物頂端找到了胡桃的身影。對於投來擔憂目光的妹妹——

「——對不起，拖累妳了。」

柚希咬唇道歉。原定的作戰計畫——是以無法發揮「咲耶」實力的柚希當誘餌，讓得到露綺亞所給的黑色元素、能夠控制魔界精靈的胡桃趁隙使用強力魔法消滅英靈。

而且這是柚希自己提議、拜託胡桃同意的作戰；然而柚希卻連誘餌都當不好，害胡桃為了救她而中斷詠唱攻擊魔法。

胡桃和使用自身魔力的澪不同，是向精靈借用力量發動魔法的精靈魔術師。請求不熟悉的魔界精靈幫助原本就不容易了，現在還被迫重頭開始。

「…………！」

真是可恥。柚希為自己的無能感到近似憤怒的情緒，並離開胡桃鋪下的水墊。瀏海滴著水珠的她再次仰望遠處的英靈，將握持「咲耶」的右手用力絞緊——下一刻，野中柚希猛一蹬足全力疾奔。

「——姊！」

柚希只對哀號似的大叫的胡桃稍稍看了一眼。

相信我——以沉默的眼神告訴她，這次自己一定會做好誘餌的工作。那並不是無所本的逞強，柚希知道自己有這個能力。

——在魔界無法獲得富士護祐的「咲耶」，力量確實減弱不少。

然而——柚希本身的力量並不會因此減弱。

第4章
在橫掃戰場的風中

與刃更分隔兩地的這五年間，經過嚴苛修行而習得的力量。

與刃更重逢，締結主從契約而獲得的力量。

如此一路累積的力量——絕不會背叛柚希。

沒有任何一點點是天上掉下來，不勞而穫的。

所以相信自己、相信這力量的柚希毅然前行。對此——

【——————】

英靈猛力掃出右裡拳，但與柚希仍有一大段距離。

即使英靈極為高大，手臂也完全無法觸及，不過英靈這一擊仍對柚希造成了威脅。英靈的裡拳掃開了其軌道上的所有建築——產生混同大量土石與衝擊的海嘯。可是——

「————」

對於這有如土石流的食人巨浪，她的反應相當單純。那是，野中柚希已經做過幾萬遍的動作。

她垂直揚起「咲耶」，再依相同軌道垂直劈下——就是這麼簡單。

俐落的刀法，產生帶風刃現象的強烈氣勁，直衝向前。

刀氣迅速接觸逼至柚希眼前的砂石海嘯——「沙！」地發出清脆的切割聲。沙浪頓時左右分斷，流過柚希兩側。

——沒有借用靈刀「咲耶」的力量，完全是出自野中柚希的精純刀法。

那是柚希這個戰法以技巧為重的全能型劍士，回歸自身能力定位所施展的美技。現在——野中柚希眼前開了一條確實的道路。

於是她動身出擊。壓低身形蹬踏地面，帶來的爆發力瞬時使柚希升至極速，一口氣縮短與英靈的間距。

【…………】

見狀，英靈扭肩似的揚起向後揮掃的右拳高高搥下；柚希向左跳步，在英靈的拳撞擊地面之前躍起並凌空扭身，趁擦過英靈右拳時斬出「咲耶」，切斷英靈腕部肌腱。英靈失去握力的拳雖仍能撞擊地面揚起土沙，但破壞的衝擊已經大幅削弱——柚希再順高衝的氣流飛升並以刀背迅速橫擊，破壞了英靈的右肘。

【——————】

英靈不禁痛苦慘叫，但柚希沒有理會——

「——還沒結束呢。」

在虛空留下如此囈語就穿過英靈脇下繞到背後——奔向另一側的同時放出交叉成X字的二連斬。那切斷了英靈雙腿的阿基里斯腱，使失去支撐的巨大軀體向後傾倒，轟隆一聲一屁股跌坐下來。

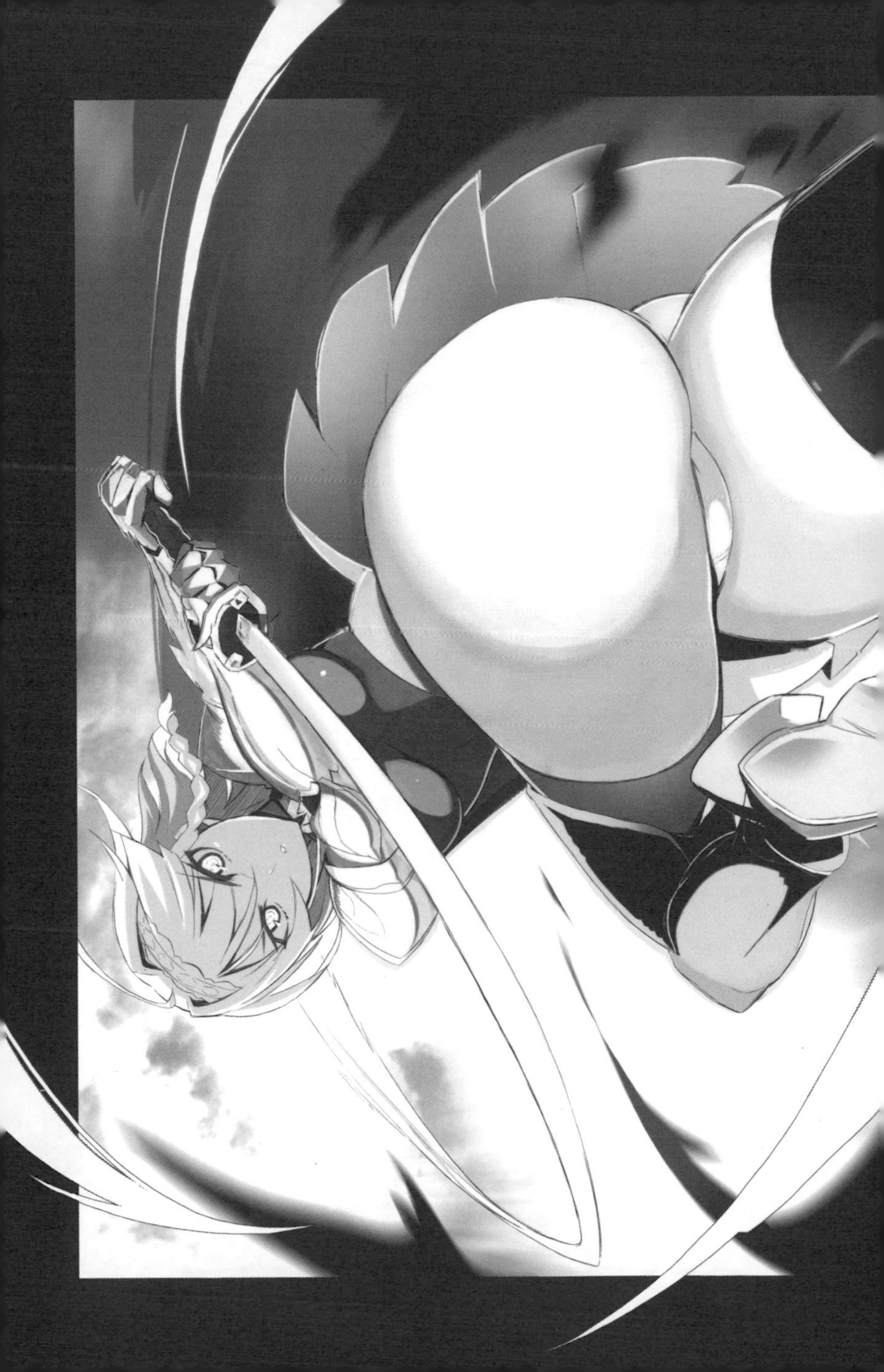

右手遭到破壞，雙腿的阿基里斯腱也被切斷，本能使英靈下意識地以唯一沒有負傷的左手撐起身體嘗試站立。野中柚希預料到了這點，朝英靈左手——腕部肌腱橫掃「咲耶」，將其一刀兩斷。

當柚希完成、甚至超過誘餌所該爭取的時間，完全封阻了英靈的動作時。

「——姊姊，再來交給我。」

胡桃帶著沉靜話聲，出現在癱坐著的英靈眼前。精靈術護手的主槽位，鑲的是露綺亞給予的黑色元素，手掌前張開了散發勇者一族的綠和穩健派的藍兩種光芒——立體交錯型的魔法陣。

【…………】

英靈彷彿是本能性地感到生命危險，企圖做最後的掙扎，張開大口要咬死眼前的胡桃。

就在這時候——

「——想都別想。」

柚希掃出「咲耶」，從側面直往向英靈下顎砸去。刻意收刀入鞘，是為了造成鈍擊傷害。時機、位置、力道全都恰到好處的衝擊，正好足以鬆開英靈的下顎關節。

【————】

錯愕得睜大眼睛的英靈，毫無防備地完全暴露他的口腔——

「狂舞吧——魔界炎精靈！」

胡桃如此宣告的同時，大量的漆黑火焰灌入那閉不上的大口——將英靈的頭從內側燒個精光。

7

東側路線的萬理亞和露綺亞，西側路線的柚希和胡桃。

在她們抵擋英靈、各自戰況趨於優勢時。

中央路線的刃更和潔絲特陷入了苦戰。

因為其餘路線都是兩人合力對付一個英靈，刃更和潔絲特卻必須分別和操控英靈的高階魔族和英靈分別單獨戰鬥。

——可是狀況就是如此艱難，多想也沒用。

對於與萬理亞搭檔的露綺亞而言，這裡離主人所在的維爾達城太遠，難以馳援；柚希得不到「咲耶」的護祐，而胡桃雖然有露綺亞所給的黑色元素，但仍不慣於操縱魔界精靈，不該讓她們對付這樣的強敵。另外，英靈具有驚人的恢復力，就算肉體受到損傷，稍過不久就能復原；考慮到英靈體型巨大，無法以綑綁等方式限制行動，期待她們趕來幫手等同空想。

而現在——在不能讓澪上戰場的狀況下，刃更是最適合對付這強敵的人選。將戰鬥舞台移到形狀複雜、類似劇院的巨型建築後——

「喔喔喔喔喔喔喔喔喔喔喔喔喔喔喔喔喔喔喔！」

刃更在石鋪地面，朝高階魔族疾奔。

「————」

高階魔族布展無數魔法陣射出火球，招呼刃更的突擊。由於全是散發高熱的燃燒體，為避免延燒或燙傷，閃躲距離不能留得太短，逼使刃更以較大的側步迴避不停襲來的火球。難以閃躲的，就直接用布倫希爾德斬掉。可是——

「唔……！」

喀鏗！隨著堅硬聲響竄過劍柄傳入手中的感觸，使刃更眉頭一皺。好重——不是單純的火球，裡頭多半還包藏某種岩石或礦物；無法斬斷，能勉強彈開就不錯了。若太常用劍擋彈這種東西，手很快就會麻得出不了力。除使用「無次元的執行」外，刃更通常都是單手握持布倫希爾德，但對上這個高階魔族，卻被逼著幾乎全程都雙手持劍。像布倫希爾德這般較為巨型的劍，一旦改變握持方式，身體動作當然也會大幅改變。對刃更這樣需要仔細調節每個動作的速度型而言，簡直是致命的影響。

第4章
在橫掃戰場的風中

……能用「無次元的執行」就好了！

即使無法完全消除，也至少能打消火球的火焰，或是在不會對手造成負擔的情況下擊碎岩石部分。可是現在，刃更即使明知會使自己背負劣勢，卻仍刻意不用「無次元的執行」。

當然，這是有原因的。

……擊敗佐基爾後，瀧川給了刃更一個忠告。

那就是此後與現任魔王派交戰時，必須極力避免使用那個招式。「無次元的執行」是一旦斬斷對方的天元，就能使其完全消失、送到零次元彼端的異能，在五花八門的魔法和特殊能力中也顯得非常異質。從不同角度來看，威脅性甚至比澪所繼承的威爾貝特的力量還高。像過去，佐基爾的目標就不只是澪，也曾對「無次元的執行」極感興趣，試圖占為己有。

因此，倘若刃更大剌剌地使出那種特別的力量，可能會增加澪未來的危險。不過起初，刃更是情願讓自己吸引敵人的注意力。只要是為了保護澪和大家，東城刃更會毫不躊躇地使用自己的能力，就算要弄髒自己的手，使用殘酷手段、做出卑鄙行為也在所不惜，想做得面面俱到簡直狗屁。

……不過問題是──

就像執著於澪的佐基爾挾持人質利用了萬理亞一樣──敵人只要知道刃更擁有特異能力，就可能對他身邊的人下手。

這是刃更最不願見到的事。如果讓澪她們因為自己而蒙受危險，甚至成為人質——一想到這種事，東城刃更就打從心底發寒。因此，他無論如何都不願使用「無次元的執行」。

這讓刃更迫使自己純以速度和劍法與對方一較高下。

小心穿過對手放出的棘手火球，設法讓對方進入攻擊範圍後——

「——喝啊！」

刃更隨即斬出布倫希爾德。雙手持劍的攻擊，威力自然比平時高上不少——卻完全起不了作用。對方沒有躲開，這一劍確實斬中目標。

只是，那完全沒有造成傷害——高階魔族的肉體太強韌了。

……可惡！

不管布倫希爾德砍了幾次，也只是敲出尖銳的硬響。不僅砍不進去，就連一點傷痕也製造不了。

——對方的攻擊全都是火焰魔法，恐怕是魔力型。

魔力型基本上因為專精於使用魔法，體能大多不怎麼高，不過他卻擁有如此頑強的肉體。大概就像佐基爾不只劍術精湛，在魔法上也有相當造詣一樣，這高階魔族不只是擅用魔法，還擁有力量型層級的堅實肉體。

過去——與佐基爾交戰時，刃更始終被壓著打。不僅是刃更，澪和柚希都幾乎不是對手。所以戰後，刃更幾個將大半課後或假日時間都用在修行上，畢竟現任魔王派的高階魔族並不只佐基爾一個——當然，他們也沒忘記利用加深主從關係來加強戰鬥力，但也不能只是這麼做；為了將來著想，提昇基礎戰鬥力是絕對必要的。在這過程中，坂崎藉運動會作亂時，儘管胡桃曾成為他的人質，刃更也因疏忽而遭受重傷；不過在那之前，因為彼此誤會而與橘起衝突的前哨戰中，刃更相當有效地壓制了混有吸血鬼血統的橘。

那無疑是修行的成果之一。而運動會過後——刃更也依然持續修行至今，程度無疑比過去更高，然而刃更現在的劍還是毫無作用。不是他弱，是對手實力是壓倒性地強，而且——

……絕對在佐基爾之上……！

雖然曾被佐基爾釋放的壓迫感和劍法壓制，只要攻擊命中，至少還能造成損傷，也就是有打倒他的機會；可是眼前的敵人完全不怕刃更的攻擊，這下簡直無計可施。這時——

「……真是不知死活。」「————！」

高階魔族如此嘆息的瞬間，刃更反射性地向右跳開，一顆火球隨後緊挨著腹側錯身而過，微微燒焦了制服。是由於攻擊遲不奏效，給了對方做這種偷襲的機會吧。這次是好運閃過，繼續處在這貼身距離中十分危險。

「——你以為我會說退就退嗎！」

不過，刃更依然大膽留在對方眼前。若因為無法製造傷害就貿然拉開距離，只會被逼得愈來愈無處可躲，最後終點仍是死路一條。所以刃更沒有退開，而是改為思考該如何傷害對手，導出的答案只有一個。

那就是持續攻擊，直到能給予對方傷害——就像柚希過去斬開瀧川的護壁那樣。刃更沉低腰腿，以神速連斬再展攻勢。

「喝啊啊啊啊啊啊啊啊啊啊啊啊啊啊啊啊啊啊！」

布倫希爾德曳出抽絲般的無數劍光，接連不斷地斬在高階魔族身上。響起的，全是劍刃互擊似的聲音，但刃更仍未放慢攻擊。只見承受著連斬的高階魔族逮到剎那間的空隙，發動魔法——

「————！」

刃更向橫短距跳開，在屋頂地面滑行著地，再度斬向高階魔族，將斬擊串成連擊。他所做的，就只是攻擊高速位移。那是頓步及蹬步交織而成的，攻擊與迴避的並行。

既然敵人能彈開自己的所有攻擊。

自己只要閃開敵人所有攻擊就行。

這時，高階魔族彷彿察覺了刃更的打算——

「——無聊的戰術。」

不屑地這麼說之後，使出了新的攻擊。不再施放火球——直接在自己腳邊升起火柱。

第4章
在橫掃戰場的風中

有如一道巨大的火牆，將高階魔族整個圍在裡頭。

「…………！」

刃更急忙向後跳開，戒備著對方動靜等待火焰減退。

──使用這樣的魔法，恐怕是為了拉開距離。

目的不是攻擊，而是防禦──那麼只要火勢稍一減弱，就要立刻再次出擊。抱著這種想法等待機會的刃更──

「這是──……」

很快就發現自己想錯了方向。火柱不僅沒有減弱，反而一再擴張。很快地──劇烈燃燒的沖天火柱，化成了「某種生物」的形象。那是──

「炎龍嗎……！」

巨大的炎龍在刃更眼前迅速成形，驚人的熱度讓隔了一定距離的刃更瀏海也燒焦蜷曲。一旦他放出這種火焰構成的怪物，維爾達必定會轉眼就化為一片火海。

「可惡──非用不可了嗎！」

刃更立刻架起布倫希爾德，準備使用「無次元的執行」。這時──

『──────』

炎龍帶著尖嘯飛上空中，並猛然急速下墜。

「咦…………？」

最後當著刃更的面吞噬了那高大的高階魔族，捲起極為粗大的火柱。

自滅？——刃更剎那間如此懷疑，但奇怪的是，劇院建築完全沒有因此著火。

「——我不想再陪你那些騙小孩的動作浪費時間。」

捲成漩渦的火焰中傳出低沉話聲——隨後，高階魔族的巨大身軀纏著火焰轟然而現。他身上多了一對巨大的翅膀和尾巴，額上伸出兩支角，雙臂變得非常粗壯——且紅得像火，模樣有如火炎魔神一般。

……這表示。

東城刃更明白了這個高階魔族為何會突然變樣。不是炎龍吞噬了他——而是他吸收了炎龍。眼前這將足以燒盡整個維爾達的火焰吸入體內的高階魔族，全身散發著可怕的熱氣和壓迫感，同時——

「我上囉——」

短短地這麼說——腦裡才剛接到這樣的訊息，那巨大身軀已逼到刃更眼前。

「什——？」

難以置信的速度。身形如此高大，速度卻比速度型的刃更還要快。面對力量強大的敵人時，就連下意識的短暫疑惑都會構成致命破綻。糟糕——當刃更咒罵自己的反應時，高階魔族那彷彿能燃燒周圍空氣的右臂已經掃來，無法完全躲開。

下一刻，衝擊激發的是伴隨轟聲的破碎和爆炎。

——但是，高階魔族的右拳擊中的不是刃更。

千鈞一髮之際，刃更腳邊周圍——屋頂的石地突然隆起石柱，向上頂開了刃更。見到腳下代替自己破碎燃燒的石柱——

「——潔絲特？」

東城刃更立刻明白是誰救了自己，呼喊她的名字。轉頭一看，潔絲特仍在不遠處與巨大的英靈交戰，可是——

『——————』

她仍和刃更短短地交會眼神。潔絲特自己也在苦戰當中，還臨時為幫助刃更使用魔法。刃更在心中向潔絲特道謝，準備跳離根部碎裂而傾倒的石柱——

「——————？」

刃更忽然錯愕地抽了口氣。高階魔族那具有超高溫的巨腕所破壞的石柱，從根部開始劇烈燃燒，火舌要吞噬刃更似的直撲而來。

刃更急忙向後跳開，石柱也在這同時完全消失在火焰之中。隨後，勉強跳進空中的東城刃更聽見——

「——結束了。」

正後方傳來的聲音，告訴刃更自己的動作已被敵人看穿，占了先機——還來不及回頭，令人不敢相信的衝擊已砸在刃更背上。

刃更受到的，不只是沉重的毆擊。就像高階魔族所打碎的石柱燒了起來一樣，捱了超高溫拳擊的刃更霎時全身浴火——

「呃啊啊啊啊啊啊啊啊啊啊啊啊啊啊啊啊啊啊啊啊啊啊啊啊啊啊啊——！」

有如隕石一般帶著慘叫和燒灼他全身的火焰高速墜落。

轉眼間撞穿屋頂，轟隆一聲砸在劇院地上。衝擊將設在廳裡的座椅大量轟飛，在空中散成碎片四處散落。

「————」

東城刃更仰躺在裸露的劇院地面，見到高階魔族穿過他從屋頂撞穿到廳院的孔穴，向他落下。

粗壯的右臂上——纏著剛才的炎龍。

8

第4章

在橫掃戰場的風中

「……──刃更主人！」

聽見刃更慘叫的潔絲特，下意識地望向劇院。

如此看見的，是自己的主人遭高階魔族擊中，全身著火墜落的身影。

「──────！」

潔絲特反射性地發動土系魔法。由於已經來不及像之前那樣，在屋頂上升起石柱破壞他的攻擊，便將意識集中於劇院內部──改變地面性質，儘可能減輕刃更墜地的衝擊。

原以為倉促發動的魔法能即時趕上──但事與願違，遭高階魔族痛毆的刃更下墜速度實在太快，剎那間，應是刃更撞上劇院地面的衝擊和轟聲已傳到人在遠處的潔絲特身邊。

「啊……啊……！刃更主人──────！」

潔絲特哀號似的大喊，直往刃更飛去。

但她做不到。巨大英靈繞到她眼前，彷彿故意阻擋她的去路。

──與這英靈交戰到現在，潔絲特一直占不了上風。

儘管必須獨力對抗柚希和胡桃、萬理亞和露綺亞兩人合作才好不容易打倒的對手，本來就比較吃虧，但真正棘手的，是刃更對付的高階魔族──加爾多。下指令控制英靈的加爾多，就在看得見潔絲特的位置與刃更交戰，因此她眼前的這具英靈和只收到「排除眼前敵人，攻擊維爾達城」這大略命令的其他兩具不同，戰術命令一再即時更新，緊咬著潔絲特不放。但無論這強敵如何難以獨力對付——先前的苦戰，已完全不存在於現在的潔絲特腦裡，根本一點也不重要。

因為在她眼中，加爾多正跟著刃更落入劇院之中。

自己最重要的主人——刃更面臨了危機。

「……少礙事……退下……！」

潔絲特低著頭，擠出顫抖的聲音說。

【————】

而眼前英靈的反應，是默默揮下他巨大的拳頭。

下個瞬間——帶動巨大質量的拳擊轟出了震撼大地的衝擊與轟聲，可是——

【…………】

英靈微微歪起頭，因為他發現自己的拳不僅沒破壞大地，就連打爛潔絲特也沒有。英靈的拳根本沒碰到她，在那之前就被她張開的魔法陣擋下。

接著——潔絲特終於抬起頭，平時冷靜的臉龐上激情畢露。

放聲咆哮。

「給我……退下————！」

第4章
在橫掃戰場的風中

潔絲特吼叫的同時——周圍瓦礫一齊與其呼應，瞬時聚合成更大過英靈的巨型魔像，眼中宿含意識的光芒——

《————》

將祈願般交握的雙手朝眼前揮下。這一擊，將英靈的頭直接陷進了他的身軀——並要將他直接搥爛般直轟地面。癱瘓了英靈後，潔絲特讓魔像保持垂下的姿勢壓住英靈——

「刃更主人……！」

並迫不及待地趕往刃更身邊，途中再也沒有阻礙——她原想直接破壞劇院牆壁，衝進去迎戰加爾多，然而——

「——真傷腦筋，可別壞了我的好事啊。」

身旁忽然出現聲音，同時——

「！——呀啊啊啊啊啊啊啊啊啊！」

立即採取防禦的潔絲特，冷不防遭到來自背後的偷襲。

無情吞沒了潔絲特的驚人衝擊，毫無窒礙地掃過整條街道。

9

「…………」

加爾多在劇院中默默降落。

目的只有一個——收拾眼前的敵人。

——仰躺的刃更手上看不見魔劍，多半是受了使他無法維持武器的傷吧。就算如此，加爾多也不會因此放過敵人。

不過，這總歸是葬送一個年輕人的未來——

「……可別怪我啊。」

加爾多向倒地不起的刃更如此低聲宣告後——為了盡量減少刃更的痛苦，以及膽敢與他賭命相搏的對手表示敬意，加爾多舉起了纏繞炎龍的右手。

——那是曾身為首席魔王候選人的加爾多最強的攻擊。

不僅能將刃更打成碎末，還具有將這座劇場及周圍一帶整個從靈子層級焚燒殆盡也游刃有餘的威力。

……這樣。

應也能同時收拾掉在附近戰鬥的潔絲特。這樣，會賠上與她交戰的英靈，而其他兩具也幾乎被敵人癱瘓了；儘管對不起好不容易才解除封印重定契約的路卡，不過這也表示這些英靈也只有這種水準而已。研究所中還有發掘自遺跡的更強大的英靈，只是這次趕不及投入戰場；所以與其勉強保全英靈而浪費時間，不如加爾多自己將剩餘的敵人完全殲滅、達成目的要來得有效率。因此──

「──安心地去吧，戰神之子！」

以這話為刃更的黃泉路送行的同時，加爾多揮下右臂──

「──────」

就在這時，刃更的右手忽然晃了一下──當加爾多發覺時，刃更已揚起了到肩部都覆上裝甲的手，手上握著重新具現化的那把魔劍。究竟是怎麼了──對那明明發生在眼前卻幾乎無法認知的現象，加爾多搥下他烈火熊熊的右拳之餘，感到短暫的疑問。

──剎那間，發生了一件遲來的事。

那是一道刺耳的金屬聲。當加爾多聽見那清脆通透的響聲時──

一條白線劃過他的右肩──將右臂從根截斷。

……我的手……被斬斷了？

沒有痛楚，也沒有被刀斬中的感覺。所以加爾多無視於在空中飛轉的右臂，先分析自己遭遇了什麼。

定睛一看，刃更的魔劍——劍身周圍的空氣搖動不定。

不、不是空氣。搖動的，是魔劍周圍的空間。

而剛才的刺耳聲響是——這兩個事象湊在一起，能導出什麼答案？

……「拔刀術」嗎？

但拔刀術通常是利用出鞘時的摩擦力使出的招式，刃更的魔劍連鞘都沒有；再者——一般的拔刀術不可能斬斷加爾多的手。

——那麼，究竟是發生了什麼事？

答案的提示，就是魔劍周圍搖動的空間。武器的具現化，是從異空間或次元裂縫等其他次元取出武器的行為，刃更恐怕就是利用了這一點。

說穿了——就是在具現出魔劍的同時進行超高速斬擊，利用次元交界以更強於拔刀術的效果彈出魔劍，使劍速達到超音速的領域。

斬斷加爾多右臂的，是堪稱「次元斬」的終極拔刀術。這時——

「————」

在加爾多為推測狀況而產生的些微停頓中。

第④章
在橫掃戰場的風中

眼前的刃更彷彿是抓準了這一刻，瞬時跳起並解除魔劍的具現化——而下一刻，他已經紮穩馬步。

與剛才的仰躺不同，這次是狀況完備的拔刀術準備動作。

刃更要使出的，是將加爾多的軀體上下分斷的橫斬。

充滿冰冷色彩的眼瞳，與方才判若兩人。

可是——刃更的終極拔刀術並沒能發動。

「什麼——……？」

大氣忽一震盪的同時，一團閃光包圍了加爾多和刃更。

下個瞬間——兩人所在的劇院完全炸散。

10

將劇院連同刃更和加爾多一起轟炸的衝擊消散後。

周圍美麗的街道已經變成滿地殘磚破瓦。

「哎呀呀，好像有點太用力了……」

有個人笑著俯視這樣的景象。

那是領了樞機院的命令，隨同加爾多進攻維爾達的涅布拉。

——現在，涅布拉視野相當高闊，但不是因為浮在空中。

他人在比加爾多操縱的更大上了一圈的巨大英靈肩上。

那是路卡來不及處理、力量更強大的高階英靈——但被樞機院瞞著雷歐哈特等人完成了調整，並重定契約。涅布拉監察這次進攻的任務，純粹只是個幌子，樞機院還給了他另外的指令；其中之一，就是趁進攻維爾達時暗殺加爾多。

——近來，雷歐哈特的向心力極速攀升。

雷歐哈特雖是樞機院拱為新魔王的傀儡，吸引過多民眾或士兵支持也不是件好事。儘管傀儡本來就是愈華麗的愈引人注意，不過不肯聽話也是枉然。因此樞機院安派了這場攻擊，好削弱雷歐哈特的力量。刻意不打數量戰，派出剛挖掘出來的英靈，是因為樞機院知道雷歐哈特一定會派出屬下上前線指揮。雷歐哈特信賴的屬下並不多——所以只要趁亂解決指揮官，就能有效削減雷歐哈特的力量。

於是，當樞機院得到加爾多擔任作戰指揮官的消息時，簡直樂翻了。

讓雷歐哈特能夠保持積極且提高向心力的主因之一，就是加爾多這個有力的魔王候選人加入其陣營、擔任宰相般角色的緣故。對雷歐哈特而言，加爾多在實質或精神上各層面，都

第4章
在橫掃戰場的風中

是非常寶貴的戰力。因此——

「只要沒了你這樣的幫手——雷歐哈特陛下就會稍微安分一點吧。」

這麼說的涅布拉眼前，是升上與他相同高度的加爾多。

「……涅布拉，你竟敢……！」

「哎呀，果然生氣了。也是，不生氣才怪呢……」

對於加爾多滿面暴怒的瞪視，涅布拉以笑容回答。

現在的加爾多，已沒有平時那壓倒性的氣場和存在感。因為他紮實地受到涅布拉操縱的高階英靈偷襲，全身傷痕累累——而且還失去了堪稱其力量象徵的右臂。

「不過這也是你自作自受。就算他是迅．東城的兒子，但也只是個人類少年，你卻著了他的道……所以我放心不下，不小心就插手了。你是不是太安於輔佐雷歐哈特陛下的工作，變得太過溫潤啦，加爾多閣下？」

聽了涅布拉嘲笑性的言語——

「…………我應該說過。」

加爾多說道：

「假如你敢做些多餘的事——我會把你變成肉屑。」

話一出口，加爾多的身影也跟著消失。

「是啊。可是我應該也說過——」

涅布拉對出現在自己身旁的加爾多毫不在乎地說：

「——除非事態嚴重。」

霎時間——擺出攻擊架勢的加爾多再度消失，但那不是他的意思。剎那後的轟聲和衝擊，彷彿要證實這點般爆發。高階英靈揮出的右拳，直接砸在加爾多體側上。

加爾多應聲彈飛，掃過大量維爾達的房舍——整整毀了三條街才停下。待衝擊掀起的沙塵落定後——

「……嗯，想不到這麼不堪一擊。」

解決了加爾多的涅布拉聳聳肩說。

「再來，就去執行下一個任務吧……——喔？」

這時，他發現其他敵人的存在。

也許是加爾多被打倒，使得他操控的英靈停止動作了吧。抵擋三具英靈的人中，除拉姆薩斯的副官露綺亞和潔絲特外的三人全都朝這裡聚來。見到她們眼中的怒火——

「……啊，差點忘了，我連妳們的同伴也撂倒了。」

涅布拉喜孜孜地笑著說：

「沒問題——在收拾剩下的目標前，我就先陪妳們玩玩吧。」

第④章
在橫掃戰場的風中

11

意識在深沉黑暗中漂浮的潔絲特，感到有東西搔弄她的臉頰。

起初以為是風，不過──

……不對。

潔絲特閉著眼，感到撫過自己臉頰的感觸具有意識。

頰上的感觸──正拚命催促她清醒。於是──

「……！……唔……」

眼睛才張開一條縫，就讓她全身刺痛，苦悶地呻吟。

但她仍然睜開了雙眼，朦朧視野中最先看清的，是一張動物的可愛臉龐。以用小小的舌頭擔心地舔著潔絲特臉頰的野獸是──

「你……是那時候的……？」

潔絲特很快就發覺，牠是日前與刃更等人上街時，在咖啡廳後巷遇見的獨角獸幼崽。今天加爾多使用英靈進攻維爾達，使市區受到相當嚴重的損害，幸好牠保住了一條小命。

當潔絲特的思緒慢慢恢復正常——

「……——刃更主人！」

才終於想起自己原先要做些什麼，然後發生了什麼事，讓她叫喚著心愛主人的名字坐起身。同時，還聽見人聲。

但那不是言語——是哀號。

「啊啊啊啊啊啊啊啊啊啊啊啊啊啊啊啊啊啊啊啊啊——！」

「——瑪莉亞？」

潔絲特錯愕地仰望聲音來向，結果看到瑪莉亞被不同於過去三具的巨大英靈遠遠踢飛的身影。

她嬌小的軀體像皮球似的撞擊地面而彈起，轟隆一聲撞進附近的瓦礫堆。

「……………」

目睹這一幕的潔絲特不禁一愣。這英靈的力量和敏捷都不是自己之前對付的所能比擬，且操縱如此真正的怪物的不是加爾多，是另一個高階魔族。

「那是——……」

潔絲特在瑪莉亞撞上的瓦礫堆附近發現兩名少女，各自倒趴在不同位置——是柚希和胡桃。她們是在潔絲特昏厥時和那具英靈交戰了吧。四周被破壞殆盡的淒慘光景，訴說了她們的戰況有多麼激烈。

「…………！」

儘管擔心瑪莉亞和柚希她們的狀況，但潔絲特有件事非先做不可。

那就是搜尋主人刃更的位置。只要刃更活著，主從契約就不會消失——所以她祈禱著刃更平安，閉上雙眼感應他的位置。接著——

……我感覺得到……您沒事吧，刃更主人……！

確實感到刃更的波動讓潔絲特激動得猛然睜眼，差點忍不住大叫，但她拚命壓下衝動忍住聲音。因為刃更的波動就在附近，只是肉眼看不見，恐怕是被瓦礫堆擋住或埋在砂石底下吧。雖然很想立刻救助他——

……一定要小心行動。

若這時不小心出聲讓那個高階魔族發現，不只是自己，連刃更都有危險，更何況現在的自己完全不是那種英靈的對手。所以潔絲特屏住呼吸，慢慢動作。

可是——高階魔族的眼睛可尖得很。

「——哎呀，被我處理掉的老鼠還活著呀？」

早在潔絲特動身前，就發現她已恢復意識。

英靈跟著轉向她，慢慢接近。

『————』

或許是感到危機逼近吧，在地上的小獨角獸求救似的跳上潔絲特的右肩。潔絲特輕抱著那小小的身體，不知如何是好。既然被發現了，就必須儘快離開，將敵人引到不會傷及刃更的距離。

……可是。

只要有個閃失，對方多半會立刻出手攻擊。現在的問題點，在於那具英靈超乎常規的威力和速度。那樣強力的攻擊，保證會將這一帶——連同刃更一起夷為平地；可是繼續留在這裡，刃更還是一樣危險，到底該怎麼辦——護主心切的潔絲特，陷入左右為難的處境。

……！再這樣下去……！

她終究還是選了最有可能保全刃更的方法，展開行動。就在這時——

出現一道眩目的閃光。

「————！」

潔絲特以為英靈發動攻擊，立即用土系魔法設下護壁——但事情並非如此。

英靈頭部裹覆在爆炎之中——是英靈受到了攻擊。

然而英靈毫無受損。當那深紅色的火焰散去，英靈的頭完好如初地出現在煙塵之中。儘管如此，某個人保護了潔絲特——以及刃更，是不爭的事實。

第4章
在橫掃戰場的風中

……究竟是誰……？

潔絲特四處張望。那不是刃更、不是瑪莉亞，也不是柚希或胡桃。露綺亞嗎？也不對，她是拉姆薩斯的副官，不會來到這裡。

——那麼，究竟是會是誰？

答案隨風送進了潔絲特耳裡。

「……——再囂張也該適可而止吧。」

那是繼承了偉大魔王之血統的少女的聲音。

——她，更降落在潔絲特眼前。

潔絲特也目不轉睛地——注視那降臨戰場的少女。成瀨澪。

「……………………」

看著原本絕不能出現在戰場上的澪的背影——

……她是忍無可忍了吧。

潔絲特並不驚訝，因為擋在他們前方的是澪。

那大概不是為了保護潔絲特吧，或許她也有那個意思，但是澪來到這裡一定是為了保護刃更。

和潔絲特一樣——不，早在潔絲特之前與刃更締結主從契約的澪，應該很清楚刃更就在附近。她是無法再忍氣吞聲，繼續眼睜睜看著寶貴的事物和城鎮因為自己的存在而毀滅吧。

所以才會強行擺脫諾耶，趕來這裡。這時——

「…………喔？」

同樣毫髮無傷的高階魔族，在英靈肩上對澪深深鞠躬。

「這不是穩健派的公主嗎……久仰久仰，真是榮幸之至啊。我名叫涅布拉，是樞機院議長貝爾費格大公的親信。不得不在這麼高的地方說話，失禮之處，還請海涵啊。」

「……只要我到你們那邊去，你們就不會再攻擊這裡了吧？」

聽了澪平靜地這麼問，涅布拉臉上浮出笑容。

「我們的確是下過通牒，要他們把您交出來，沒想到您居然會主動現身呢。我們這次進攻，無疑奪去了穩健派大量兵卒的性命，更破壞了維爾達這歷史悠久的城市，使多數居民無家可歸。這些，全都是他們為了保護您而不得不付出的代價。」

然而——

「說來慚愧，我實在不明白您這麼做是為了什麼。可以請您解釋清楚，好讓我長點知識

第④章
在橫掃戰場的風中

──您這個將一時的衝動擺在前頭、白費了所有犧牲的愚蠢，究竟是從哪來的呢？」

對於涅布拉這等同挑釁的話──

「………你這種人是絕對不會懂的。」

澪緊緊握拳回答。聲音的顫抖──多半是來自恐懼，以及更強烈的憤怒和自責。在澪背後的潔絲特看不見她的表情，但她的心一定不會這麼簡單就受挫，兩眼一定狠狠瞪著涅布拉。隨後──

「嗯，原來如此──這就是那個威爾貝特留下的女兒啊。」

涅布拉笑了笑，但下個瞬間──他忽然眼神冰冷地說：

「……──殺。」

同時，涅布拉腳下的荧靈有了動作。他一個箭步瞬時衝到她們眼前，直接以裡拳的軌道掃出右拳。

「咦………？」「───！」

意外的突發狀況使澪呆立不動，潔絲特則是反射性地在自己和澪之前張開土石護壁，但她和澪同樣驚訝。

——因為現任魔王派對澪做的一切，都是為了得到她身上威爾貝特的力量。

如果殺了她，那力量可能就會直接和澪的性命一起消逝。因此潔絲特以為，就算要殺澪，也是抽出威爾貝特的力量後的事。

……到底是怎麼了？

即使思緒混亂，潔絲特仍勉強維持專注。自己的護壁也許擋不下涅布拉操控的英靈這一擊，但什麼也不做就只有死路一條。於是她用盡全力張設護壁——緊接著，轟聲迸響。

在潔絲特和澪的背後。

「咦————……？」

潔絲特和澪錯愕地轉向後方。只見英靈的拳造成的衝擊轟潰了那一帶的地面，捲起滿天的沙塵。

可是，雖看得懂眼前是什麼景象，卻無法理解發生了什麼事。

她不願承認這是事實。因為——刃更應該就在那一帶。

恍惚之中，潔絲特仍下意識地使用了主從契約的辨位能力。很快地，她在眼前的飛沙走石中，發現了主人的波動。

「————」

接下來的，是潔絲特的身體在思考之前就做出的動作。她迅速振翅飛翔——直線飛向刃更反應的所在之處。在高揚的大量沙塵阻礙下，看不見刃更的身影，潔絲特便使用土系魔法遏制——胡亂飛舞的沙塵一束束地渦捲起來，在遠處地面落定。

終於清楚見到刃更的潔絲特伸出雙手，在空中將自己的主人擁入懷裡——

「…………刃更、主人……？」

並以顫抖的聲音呼喚他，可是得不到回應。這是當然的，刃更對戰加爾多時就受了不輕的傷，又在戰鬥途中遭到涅布拉操縱的英靈從旁偷襲，當時就已是急需治療的狀態了。

而涅布拉還要趕盡殺絕般，用英靈再補一擊。

刃更是活著，但只是還沒死而已。

這一擊不是沒有影響——刃更毫無反應。這時——

「——哎呀，真是對不起啊。我是不小心打偏的，只是完全沒發現迅．東城的兒子剛好在那裡，真是對不起啊。」

涅布拉虛情假意地賠罪，然後——

「……對了公主，您還沒回答我剛才的問題呢。」

用深明事理的口氣笑著說：

「到頭來——白費了身邊那麼多人的犧牲還恬不知恥地跑來這裡的您，究竟是想保護誰呢？」

這是足以將潔絲特的理性徹底湮滅不知多少遍的一句話。

我宰了你！潔絲特抱著一動也不動的刃更，準備爆發自己的感情。

——但是，她做不到。因為在潔絲特行動，甚至開口之前。

發生了那件事。

「————」

一陣深紅的波動以澪為中心向外迸散。

使周圍空間搖撼不定、大氣劇烈鳴動的成瀨澪——

「……——你竟敢……」

對眼前的涅布拉和巨大英靈，只短短這麼說。

她感到自己的心，在洶湧的激情翻攪下幾乎發瘋。仍能以自己都訝異的冰冷語氣說話，是因為她腦袋非常地冷靜。

不僅如此——澪現在，體內的力量並沒有失控。那股噴發自體內深處的力量激流，完全在她的控制之下。

——但是，那不是在這一刻才碰巧能夠辦到的事。

第④章
在橫掃戰場的風中

控制父親威爾貝特的力量，以及自己的力量——這是擊敗佐基爾後，澪給自己下的第一課題。因為從始至今，澪從未在戰鬥中提供有效幫助。

認識刃更後不久，在夜間的都立公園和瀧川那場戰鬥，雖是為了避免刃更受自己的連累，結果孤軍赴會的結果就是完全不是對手，還因為看見刃更受傷而使得繼承自父親的力量失控，最後還是因為刃更才得救。

在站前對抗柚希、胡桃等勇者一族的巷戰中，自己根本無法抵擋使用靈槍「白虎」的早瀨高志，最後戰鬥就這麼在自己幾乎無能為力的狀況下結束了。

與佐基爾交戰時，自己還落入對方手裡，成了刃更幾個的包袱。雖然當時成功戰勝並制服了潔絲特，不過那也是有柚希幫忙才辦得到。到目前為止，澪個人從來沒有為同伴提供過任何貢獻。

因此——為了不要再當大家的包袱，澪要求自己必須完全控制力量，而且也真的成功了。不僅是父親威爾貝特的力量，消滅佐基爾右手的那股強大力量也在她控制之中。

……可是。

即使能夠控制，澪也從來都不想用那些力量。除了它們會劇烈消耗體力，造成無法行動或直接喪失意識等弱點外，更重要的是，澪心中對於使用強大力量一直有所避諱。

——成瀨澪是在毫無預警的情況下日睹養父母遭到殘殺、知道自己其實是前任魔王的女兒。

那一天，完全推翻了成瀨澪過去十五年來的人生。

儘管決定為養父母報仇、努力學習如何戰鬥而生存下來——但在名為復仇的情感背後，有件事一直折磨著她的心靈。

那就是——自己不是人類的事實。

魔族。對普通人而言，那簡直能以「怪物」代稱。

可是在那天之前，澪過的完全是普通人的生活。

就像忽然被人指著鼻子說：「妳不是人類！」自己的存在這麼被完全否定。

刃更、柚希和胡桃雖也能使用異能，不過他們是勇者一族，再怎麼說都是人類；澪和他們，從根本、根源上就完全不同。但即使不同，澪會認為也是魔族的萬理亞是個怪物、對她不懷好感嗎？從來也沒有。

儘管如此，和刃更幾個在一起時，心中某個角落總會閃過自己不屬於他們的想法，每每都讓她感到彼此之間有段絕不會消失的距離，使她備受煎熬。

當然，刃更幾個把她當普通人看待、相處，其中刃更更是從一開始就接受了她。雖然曾被他趕出門，不過那是因為澪和萬理亞欺騙了刃更和迅，與澪是魔王的女兒無關。

——刃更會知道，他的接納對澪的心是多大的救贖嗎？

正因為如此，澪說什麼也不願拖累刃更。只是，使用繼承自父親的力量，會讓她覺得自己真的不是人類。

澪很害怕嘗到這種自己和刃更是不同族類的感覺。因此，在運動會使也無法使用力量，和柚希一起遭到敵人偷襲。成瀨澪很想當個人類，所以不願使用自己體內的強大力量——直到現在。

——已經無所謂了。

無論澪使用威爾貝特的力量再多次，刃更也一定不會改變。知道她的身分後依然接納她、將她和萬理亞——還有潔絲特當親人般看待，賭命奮戰至今等種種行動，都能證明這點。自己只需要，相信願意接納自己的仁慈主人——最心愛的刃更就行了。

……而且。

就算使用這強大力量會讓自己漸漸遠離刃更，也絕不許眼前的敵人為所欲為。

於是成瀨澪說道：

「…………你問我，我為什麼會來到這裡是吧？」

我就告訴你。

「我現在是東城刃更的妹妹，也是僕人……看見我重要的家人、主人受傷，讓我氣得快要發瘋了。」

懂嗎？

「你傷害了刃更、傷害了我最重要的人，現在我要你付出代價——我要殺你一百次。」

沒錯。

「管他什麼前任魔王的女兒還是力量……想怎麼看我都隨便你們，那跟我一點關係都沒有，我管都不想管。我原本是很樂意，把這種搶走我的一切的力量送給你們，不過很可惜……現在想都別想。我已經決定了，我絕對不會原諒傷害我最重要的人的你，還有你背後那些狗雜碎。」

所以我奉勸你們。

「——最好不要太小看我成瀨澪。」

話一說完，澪就解放了自己體內的力量。

下一刻——轟隆一聲，壓潰了眼前的敵人。

第4章
在橫掃戰場的風中

澪施放的威爾貝特的重力魔法，瞬間將涅布拉的英靈壓成肉塊。

接著——

「————」

也許是代價吧，澪斷線似的昏了過去。

可是——有個東西接住了當場倒下的澪。

是潔絲特施放的土系魔法。化為椅子形狀接住澪的沙堆瞬時變成靠墊般的形狀，讓澪輕輕倒在地上。

然後，抱著刃更在她身旁落地的潔絲特——

「…………」

一語不發地注視眼前的光景。居然一擊就能將那壓倒性地強大的英靈壓碎得不留原形。

雖知道威爾貝特有最強魔工之稱——

……但這威力真的很驚人。

而且就潔絲特所知，澪過去從來不曾主動使用威爾貝特的力量；所以日後只要經過訓練，別說克服昏倒的缺點，就連發揮更巨大的力量都有可能。

若使用得當，這力量確實具有左右魔界未來的能力，不難理解為何穩健派和現任魔王派，都如此急切地想取得這力量。現在——這麼強大的力量雖打倒了涅布拉，但發動時產生的波動也一定被現任魔王派偵測到，這下是無法掩飾澪人在維爾達的事實了。

此後，穩健派與現任魔王派為爭奪魔界霸權而引起的戰爭，將正式開始。

未來的被害或犧牲，不知會是今天的多少倍。然而——

「……謝謝妳。」

潔絲特對失去意識的澪表示滿心謝意。多虧了澪，敵人的威脅總算暫時退去。對許多人而言，使戰爭白熱化或許是最壞的結果；但在潔絲特心中，主人刃更能夠得救才是最重要的事，無論如何都非得守住他的性命不可。

因此，躲過最糟的結果讓潔絲特大大地鬆了口氣。

但就在這時，周圍湧起了一股龐大的魔力。

「！——這是……！」

不知發生什麼事而倉皇失措的潔絲特，很快就發現那些魔力是從何而生。

答案就在眼前。

化為巨大肉塊的英靈中，有種驚人的魔力正在急速膨脹。

13

高階英靈已被破壞到無法自我修復的程度。

——但涅布拉本身仍安然無恙。

被澪的重力魔法轟中之前，他就瞬時向後遠遠拉開距離，成功迴避。

「一擊就毀了那樣的高階英靈啊……的確是非常可怕的力量。」

涅布拉在遠處塔型建築物上說道：

「貝爾費格大人的命令果真沒錯，就讓我在這裡把妳收拾掉吧。」

沒錯——涅布拉對澪下手並不是他自己專斷獨行。從一開始，涅布拉就接了兩道命令；一是趁這次進攻暗殺加爾多，二是連同威爾貝特的力量一併消滅成瀨澪。

——威爾貝特是歷代最強的魔王，他的力量無論是落入穩健派還是威爾貝特手裡都一樣棘手。過於強大的力量，很容易引起樞機院也無法掌控的問題——所以貝爾費格命令涅布拉，必須確實了結澪的性命。

「會沉睡在遺跡裡的英靈，自然是用於防衛都市的類型，那麼……當然也具備了在防衛目標被攻陷之類的惡劣情況下和敵人同歸於盡的自爆功能。」

於是——

「舊時代魔王的亡靈啊——你就和你心愛的城市一起從這世上完全消失吧。」

涅布拉這麼說完就誦起自爆魔法暗文，視線彼端那堆英靈化成的肉塊也在這一刻發出眩目光芒，而他本身周圍跟著出現全罩式的球形特殊護壁——為防止引爆者捲入魔力爆炸而張設的防爆力場。詠畢暗文的涅布拉嘴角一揚——

「——再見啦。」

並做完最後的告別後——高階英靈的肉塊猛一膨脹。

炸出刺眼閃光的業火，將維爾達的每一塊磚瓦都燃燒殆盡。

——本該是如此的。

但爆炎和衝擊全在擴散的那一瞬間——同時霎時消失。

「怎、怎麼會……！」

目擊難以置信的景象，使涅布拉大為驚愕。

——引爆暗文輸入失敗？不對，它確實爆炸了。自爆成功之後——因而產生的火焰和衝擊都消失了，就連魔力的殘跡也一點也不剩。

……到、到底是怎麼回事……！

涅布拉急忙向本該發生爆炸的地點望去。在那裡，他發現一個少年站在澪和潔絲特面前，似乎在保護她們。他雙手握著一把巨大的魔劍，姿勢停在揮了劍的狀態下——是應已無

第4章 在橫掃戰場的風中

法動彈的東城刃更。緊接著——

『————』

刃更冰冷的眼瞳完全逮住了人在遠處的涅布拉，使他不禁抽口氣後退。

「有意思……有個不錯的故事能說給貝爾費格大人聽了。」

但他仍笑著舉起右手，天上隨後降下巨大的黑影。對方似乎還藏了一手，不過由於貝爾費格的命令不容失敗，涅布拉自己也留了殺手鐧。

伴著轟聲降臨在維爾達市區中的，是與剛自爆的英靈同型的高階英靈，而且一次三具；兩具落在涅布拉背後，一具就落在維爾達城邊。為了一口氣完成使命，涅布拉決定同時攻擊刃更幾個和維爾達城。刃更可能使用怪異能力消除自爆，便直接以英靈近身肉搏，而送到維爾達城邊的英靈就算不得已必須自爆，也能將拉姆薩斯等穩健派高層一併消滅。

「真是太可惜了——你們這下真的沒戲唱囉。」

在涅布拉即將命令英靈殲滅維爾達時——

背後響起連續兩道衝擊聲。

「什麼——……？」

涅布拉急忙轉身一看，見到的是比剛才更令人不敢相信的畫面。

那般巨大的高階英靈，兩具都飛上空中——一路飛出了維爾達，接著遠遠響起應是他們撞擊地面造成的沉重轟聲。當人在塔上的涅布拉徬徨地隨遠方傳來的地震搖晃時——

「搞屁啊，不要隨便丟到有人的地方好不好——壓到了怎麼辦？」

地上忽然傳來缺乏緊張氣息的喊聲。低頭一看，那兩具高階英靈原來的位置有個帶著一名少年的人類，而涅布拉知道他的名字——那是當然的，他不可能不知道那人稱戰神、受魔族畏懼的最強勇者的名字。

「迅．東城……！」

涅布拉憎惡地念出那男子的名字。他在對戰雷歐哈特後下落不明，就連樞機院也查不到他的行蹤——雖然不知是碰巧還是早有預謀，總之他是來到了這裡，且幫助兒子脫離危機。

……那乾脆……！

涅布拉無視於迅的存在，開始誦念自爆的魔法暗文；目標不是被迅擊飛的那兩具，是落在維爾達城邊的最後一具。

既然有迅在，解決刃更或澪的機率就近乎於零，那麼至少該設法消滅維爾達城裡的拉姆薩斯等人。可是——在涅布拉幾乎念完自爆暗文而轉向維爾達城時，突然轟聲大作，僅剩的高階英靈被某種看不見的力量當場壓垮。

第4章 在橫掃戰場的風中

「——重力魔法？」

澪還沒清醒，那麼究竟會是誰——思緒完全混亂了的涅布拉，清楚看見有個男子帶著穩健派引以為傲的夢魔母女——雪菈及露綺亞，站在維爾達城屋頂上。那是和威爾貝特一樣使用重力魔法也不奇怪的人物——穩健派的現任首領，威爾貝特的兄長。

「拉姆薩斯嗎……！」

涅布拉的嘴才剛忿恨地吐出那個名字，卻又立刻勾起笑容。

……蠢貨。

即使壓成肉塊，只要念完暗文還是能讓英靈自爆。於是涅布拉繼續默念暗文——

「…………？」

但忽然間，他感到背後有人而轉身——

「——————」

只見一名少年站在那裡。眼神冰冷得不僅能讓涅布拉停止思考，還凍結了他的心。是東城刃更。

「咦————……？」

下個瞬間，涅布拉發出滑稽的聲音。

他的胸口——已經被刃更的巨大魔劍一口氣完全貫穿。

刃更拔出布倫希爾德，涅布拉跟著癱倒在塔頂地上。

即使胸口湧出大量鮮血，呼吸帶著「咻——咻——」的雜音，不過——

「我……不想、死……」

涅布拉仍拚命擠出聲音，向刃更求饒。

而刃更眼神依然冰冷地對這樣的涅布拉說：

「只要你說出背後是誰在指使和他的目的，我是可以拜託穩健派救你一命……現任魔王雷歐哈特應該是想要澪的力量，可是你卻攻擊那個叫加爾多的魔族，還想殺了澪——」

說。

「——給你這種命令的到底是誰，是樞機院什麼的那些高階魔族嗎？」

「！……我、這……」

「真的不想死的話，最好是早點說出來。看你的出血量，你也沒多少氣能說話了——到時候可就什麼都沒了。」

刃更的話讓涅布拉沉默了一會兒，然後——

「…………唔。」

當他正要開口說話時——頸部浮現了散發紅光的斑紋。那如項圈一般的紋樣，東城刃更也很熟悉。

「這是……」

主從契約的詛咒。涅布拉打算洩漏主人的情資向刃更求饒，產生強烈的罪惡感而引發了詛咒。瀧川曾說過，主從契約魔法也有防止屬下被敵人逮去而洩漏機密的效用，而主從契約的詛咒，效果基本上是來自主人的魔力特性——但無論是何種特性，詛咒以最強效發動時都無疑會當場喪命。

刃更的情況較為特殊，與澪和柚希結契約時用的是萬理亞的魔力，和潔絲特則是雪菈的魔力，所以詛咒效果都是催淫。

那麼，涅布拉與其主人結的主從契約有怎樣的魔力特性呢——答案很快就出現在刃更眼前。

「呃——……？」

才發出一聲短短的呻吟，涅布拉的身體就發出「膨！」的悶響由內炸開。

刃更怕是自爆而迅速後退，部分曾經是涅布拉的碎塊彈到他腳下，將塔頂染成一片腥紅。隨後——

「刃更主人，您還好嗎！」「……嗯，我沒事。」

稍點個頭回答急忙飛來塔上的潔絲特後——

「………………………」

東城刃更毫不避諱地，注視著結了主從契約的人可能面臨的悲慘結果。最壞的情況——澪、柚希和潔絲特也許都會以差不了多少的方式殞命。讓刃更重新感到事實的沉重——自己與她們結的主從契約是拿性命當賭注，可不是鬧著玩的。這時——

「刃更主人……」

潔絲特輕輕倚上刃更的背，沒再多說些什麼。

就這麼默默地依偎著刃更的背。那些，就是潔絲特對主人刃更的回答。於是刃更轉身向後，緊摟住潔絲特的腰說：

「走吧……要快點回城裡找人幫大家療傷才行。」

接著，兩人離開了塔上。

在他們背後的，是涅布拉的殘骸和維爾達被破壞得滿目瘡痍的淒慘模樣，迄至昨日的和平已經蕩然無存。

在那裡，只剩下名為戰爭的殘酷現實所留下的爪痕。

尾聲　死鬥與重逢的最後

1

刃更等人返回維爾達城後，先接受了侍女們的治療。

萬理亞、柚希、胡桃三人，都在抵抗涅布拉操縱的高階英靈時負傷、消耗了極大體力，醫師交代需要安靜休息——昏厥的澪雖無明顯外傷，使用威爾貝特的力量使她魔力及精神相當耗弱，診斷結果只是需要休息一陣子，沒有生命危險，刃更這才放下心中大石。

之後，刃更和潔絲特也在另一間房接受治療。告一段落後——

「——潔絲特，澪她們就麻煩妳照顧了。」

「是的，刃更主人……可是，您的傷勢也一定不輕，請盡量早點回來，別太勉強。」

「好，我知道……事情辦完我就馬上回來。」

刃更讓潔絲特先返回澪她們的房間，獨自前往另一個地方。

他的狀況和潔絲特擔心的一樣，對戰加爾多與遭到高階英靈偷襲，使他受了不小的傷，和澪幾個同樣被醫生交代必須靜養。說老實話，現在自己相當地累，很想直接躺下就睡。

——可是在那之前，刃更必須向某人問幾句話。

不是拉姆薩斯或克勞斯——儘管然澪自己心意已決，是沒必要再和拉姆薩斯他們再多說什麼；可是不找他們的主要原因，是因為他們正在和露綺亞等穩健派的高階魔族討論未來的因應策略。既然城市遭到破壞，為了生活陷入困境的難民，必須準備足夠的臨時居所。

……而且。

戰鬥過後，穩健派俘虜了一名敵方的高階魔族。涅布拉因主從契約的詛咒爆炸身亡，而加爾多雖被刃更斬去一手，又和刃更一起被高階英靈的偷襲擊飛，但傷不致死。由於這場戰事可能會正式引爆雙方戰火，高階魔族加爾多將會是有效的談判籌碼。對於他的處置，無疑也在慎重地審議當中。

至於還有什麼重要事項，刃更現在是沒有頭緒；不過拉姆薩斯身為穩健派的首領，一定有一大堆非做不可的事等著他解決。

……就讓他們去忙吧，我也希望讓澪她們多休息一下。

當他們事情處理妥當，澪她們的意識和體力也應該恢復得差不多了。

屆時再和拉姆薩斯等人談也無妨。

刃更穿過因戰亂而騷嚷不息的維爾達城，來到中庭。在這裡，侍女、執事和士兵都為了

尾　聲
死鬥與重逢的最後

治療傷兵或安置難民而忙得不可開交，但是——

『————————』

在中庭來來去去的侍女和士兵們忙著自己手邊工作之餘，注意力不時會移到某個人身上。那是個背靠城牆，嘴邊香菸青煙裊裊，悠然觀望城中喧囂的男子——東城迅。

……這也難怪啦。

畢竟迅是前次大戰中人稱戰神的最強勇者，即使是穩健派，要他們這些魔族不去注意迅還真是難事一件。

刃更向迅走去，迅也察覺到刃更的接近——

「……嗨，刃更，最近過得好嗎？」

輕笑著這麼問，使刃更不禁對他苦笑。雖然是在魔界重逢，迅的口氣卻簡直像剛回到家一樣。

「還好啦，總算是撐過來了……很驚險就是了。」

刃更聳聳肩說：

「誰教一家之主跟我說——父親不在的時候，保護家庭就是長男的責任呢。」

「……是喔。」

刃更彷彿被迅瞇著眼的回答潑了一大盆冷水，直說：

「什麼『是喔』……是怎樣，也太短了吧？那麼久沒見到自己的兒子，我還做好了你交代的工作，你就沒別的話好說嗎？」

迅離開東城家後——身為長男的刃更日子總是過得戰戰兢兢。

起初是為了保護澪和萬理亞兩個家人，之後柚希和胡桃加入，一路為保護有她們相伴的生活而拚命奮戰至今。聽了刃更這麼說——

「你是我最驕傲的兒子耶……我不是說過你一定沒問題的嗎。」

迅將手按到刃更頭上，稍嫌粗魯地摸了摸。

「你看——我沒說錯吧？」

見到迅笑著這麼說，讓刃更為自己沒辜負父親的信賴感到欣喜，緊接著——

……呃，我在撒什麼嬌啊？

突然一陣害羞，撥開迅的手，急忙別開臉。

因為他想起自己剛才在抱怨些什麼。

平常刃更是站在兄長的立場，又有主從契約在身；所以即使是妹妹又是屬下的澪她們常對刃更撒嬌，刃更對她們從來沒那麼做過。而迅這父親在刃更心目中是他全世界最尊敬的人，無論是從單單一個人或男人的價值來看，自己都絕對比不上他。

——自始至今，無論面臨多少苦難，刃更一次也沒有過「如果迅在就好了」的想法。當

尾聲
死鬥與重逢的最後

然，迅的手機裝了特殊的魔法晶片，無論在何種環境都能隨時與他聯繫，必要時也能請他開導；每當脫離困境或闖過生死關頭時，刃更也都會向迅報告。

不過說實在話，起初對戰瀧川、從「村落」來的高志他們或高階魔族佐基爾擄走澪時——假如有迅在，一定能在損害最低的情況下解決問題。

期望獲得迅認同的情感，從很久以前就存在於刃更心裡。只是——

……我是幾歲啦……

刃更稍微臉紅。幸好是一個人來的……自己這種樣子實在不能讓澪她們看見，否則一定會被萬理亞糗上好一陣子。

「——對了老爸，你怎麼會跑來這裡？」

刃更似乎是想化解尷尬，略為強硬地換個話題。

「你說你來魔界是想和某個人聯絡吧？還記得，你說在約好的地方沒碰到他——結果找到人了嗎？」

到這裡，刃更將視線從迅偏開——

「你要找的，該不會就是他吧……？」

停在一個站在稍遠處，不知如何自處的魔族少年上。那是迅解救刃更等人的危機時，帶在他身旁的少年。

「嗯？喔，不是啦。我來這裡的路上繞到其他地方逛了一下，發生了一些事，感覺跟他挺合得來的就帶他一起行動了——是吧，菲歐？」

「…………有這回事嗎？」

稱作菲歐的少年臭著臉回答笑嘻嘻的迅。

「……你說你跟誰合得來啊？」

「別想太多，他只是傲嬌而已。」

對於刃更的白眼，迅不改其色地說：

「菲歐，人類有句古老的俗話是這麼說的——出外靠朋友。」

「關我什麼事啊！是你自己硬要把我當朋友的耶！」

菲歐抱頭大叫：

「啊啊，我的天啊……我現在是要趕快回王城去才行耶！都是你啦，拖著我到處跑，一轉眼竟然還跑進穩健派的大本營來了。擅離職守可不是小事，我連現在是第幾天都不敢數了，你要怎麼賠我啊！」

「…………老爸，誘拐未成年是犯罪喔。」

「奇怪了，我應該有得到他的同意啊。」

「最好是啦……那孩子好像隨時會噴淚耶。呃，不管那個了，他剛說的王城——」

尾聲

死鬥與重逢的最後

刃更話才說到一半。

忽然「轟！」地一聲，連維爾達城也震動起來。

「咿……！」「不會吧，敵人又打來了？」「大家冷靜！能打的把武器準備好——」

眾人彷彿對英靈的震撼心有餘悸，驚慌霎時在周圍蔓延。

「——喂，我問你。」

這時，迅找了個看似隊長級的騎士問話。

「現在上面的大頭在開會，你們這些在城裡的也幾乎在忙著善後吧？看守俘虜的是不是只有最低規格啊？」

「這、這個——……」

騎士茫然地支吾其詞。

「！——」

而刃更幾乎也在這同時起腳狂奔。

2

遭俘虜的加爾多是個高階魔族。

他不只是一張談判時的好牌，也可能熟知現任魔王派內部的狀況。假如能套出有用的資訊，或許不只能讓戰力處於劣勢的自己，在現任魔王派的攻勢中保住性命，甚至會是戰勝強敵的關鍵。

因此東城刃更急速穿過了大夥兒慌了手腳、又陷入一團混亂的中庭。

這不停向下的樓梯通往的，是維爾達城的最底層。

囚禁戰俘的地牢。

抵達最底層並穿過堅固的陰暗石砌通道後，刃更看見了。

看守俘虜的士兵倒地不動——後方，通往地牢最深處的門已遭到破壞。那是下了強力魔法封印，能夠壓制高階魔族的獨居房，加爾多原本應該就在那裡頭，不過——

「那是——……」

被破壞的獨居房內，有個男子佇立在加爾多身旁。

尾聲
死鬥與重逢的最後

那人背對著刃更，看不見長相，但刃更一眼就認出了他是誰。儘管服裝與平時不同——他的氣場也毫無改變。

於是刃更喊出了他的名字。

「——瀧川！」

刃更的呼喊沒讓瀧川八尋回頭，取而代之的是——

「不好意思，這傢伙我先帶回去了。雷歐哈特信得過的幫手不多，如果把這傢伙留在這裡，他老兄可是會拖著全軍殺進來救人的喲？」

對背後的刃更這麼說後，瀧川默默揚起右手——製造出一個巨大的黑球。

刃更知道那是為了幫助加爾多逃脫，於是——

「！……——別想跑！」

他刻不容緩地當場具現出布倫希爾德向前正持，衝進獨居房對瀧川揮劍就砍。可是——

喀鏗——————！

「唔……？」

布倫希爾德在尖銳的擊劍聲中猛然反彈開，壓不住反作用力的刃更被逼得向後跳開。瀧川連頭也沒回地張開護壁，就將刃更的斜斬給彈了回去。

……剛剛是怎麼了？

雖然至今也被瀧川擋過不少次攻擊，然而自己和澪跟柚希結了主從契約並加深關係提昇戰鬥力，日前也和潔絲特做了同樣的事，與瀧川的實力差距應該縮短了很多才對，為什麼還像以前一樣——在不禁愕然的刃更眼前，瀧川製造的巨大黑球瞬時吞噬了加爾多高大的身軀，溶入虛空忽而消失。

到這時——瀧川才總算回頭。

不僅是服裝，連髮型也和平時不同。

「拜託喔，小刃……表情那麼驚訝是怎樣？」

瀧川帶著刃更熟悉的苦笑說：

「這裡是魔界……我這魔族的力量比在人界跟你打的時候大，不是當然的嗎？」

「！…………」

這話聽得刃更面色緊繃。魔界到處充斥著濃烈的魔素，狀況本來就對瀧川這魔族有利，可是——

……想不到地利的差別會大成這樣。

眼前瀧川釋放的壓迫感，甚至不輸佐基爾或加爾多。這讓東城刃更重新體認到，瀧川八尋是繼佐基爾之後受現任魔王之託，接下監視繼承威爾貝特力量的澪這重任的人物，實力果真非同小可。

尾聲

死鬥與重逢的最後

說不定——他過去和刃更戰鬥時，全都只是隨便玩玩而已。

「瀧川……難道你根本不是穩健派的人嗎？」

「這個嘛，你說呢？……我這個人啊，也有很多身不由己的時候呢。」

瀧川無奈地對不敢輕舉妄動的刃更說：

「話說小刃……虧我勸了你那麼多，你怎麼還是用了那個消除能力啊。受不了，現在你要怎麼辦？涅布拉那傢伙的眼睛可是和他的主人相通的，現在樞機院那群老鬼都透過他的眼睛知道你有這種招式囉？」

「如果當時我不用那招，我們可能早就跟維爾達一起整個被炸掉了——現在總比那樣好吧。我問你——」

刃更自然地沉下聲音問道：

「在幕後指使那個叫涅布拉的，果然就是樞機院那些高階魔族對不對……看來他們是無視於希望得到威爾貝特的力量的現任魔王，想把澪直接殺了嘛。」

「是啊……他們是認為讓雷歐哈特得到威爾貝特的力量，會讓他的戰鬥力和群眾魅力都強得無法控制吧。無論是要讓雷歐哈特繼續乖乖當他們的傀儡，或是不讓穩健派憑著威爾貝特的力量興風作浪，他們好像都把儘早解決成瀨視為最有效的方法囉——你要怎麼辦？」

對於笑著這麼問的瀧川，刃更回答：

「澪已經做好和現任魔王派抗戰的準備了，我們也都支持她的決定——既然要殺她的是樞機院，想躲也躲不掉吧。」

刃更這段帶有冰冷殺意的宣言——

「…………這樣啊？」

瀧川只是一笑置之。就在這時，增援部隊即使晚了刃更許多，也終於趕到現場。

大半由騎士構成的增援中，也有些具備戰鬥能力的侍女。

瀧川的視線立即從刃更轉移到一名侍女——諾耶身上。

「——拉斯！」

與瀧川四目相對的諾耶不禁一陣錯愕。多半是作夢也沒想到入侵者會是瀧川吧。

「為、為什麼……拉斯怎麼會……？」

拉斯一句話也沒對滿面疑惑的諾耶說。

他只是朝她默默一瞥——然後消失在虛空中。

「！——瀧川！」「拉斯！」

刃更和諾耶同時大喊，但為時已晚。這時——

『……把一切都做個了斷吧。』

瀧川的聲音不知從何處響起。

尾聲

死鬥與重逢的最後

『把角色湊一湊，到我們的王城來，要帶多少兵力都無所謂。至於地點，穩健派的高層和你老爸都很清楚。安排這次攻擊、企圖殺了成瀨澪的樞機院那些老頭都在那裡；他們那幾個，可說是長久支配了這魔界的現在和未來的，整個魔族的歷史。就讓我看看，小刃你在他們面前可以威風多久吧。』

接著，瀧川留下最後一句話。

也許瀧川此行的重點，其實是轉告這句話。

那是除樞機院外，另一個非得作出了斷不可的敵人，對刃更說的話。

既然一個魔界不容有兩個魔王，戰爭絕對無法避免。

這就是他們的命運。

『現任魔王——雷歐哈特，也在等你們過去。』

後記

已經讀完本書的讀者，以及從這裡翻起的讀者大家好，感謝各位閱讀本書，我是上栖綴人。

首先呢，我有件天大的喜事要向各位報告。在各位的支持以及各界相關人士的鼎力相助下，《新妹魔王的契約者》已經開始準備製作動畫版了！

真的非常非常感謝各位！本作繼挑戰Sneaker文庫的底線之後，挑戰動畫底線的這一天也終於來臨了……真是戰意無限啊。接下來，就讓我和各位讀者誠心盼望動畫版進一步消息之餘，稍微聊一點本集內容吧。

進入魔界篇的這集，是以澪周邊發生的狀況為主，描寫成為侍女的潔絲特和刃更再會的種種情況。說到侍女呢，當然就是要為主人「服務」啦。試著花點力氣刻劃侍女的服務後，結果——就變成那樣子了。戰鬥中，刃更展示了新招式，澪也幾乎能夠使用自己或魔王的力量，有種戰力確實提昇了的感覺，而最後則是賣了個頗有變數的關子。原想就此一口氣衝完魔界篇，但很抱歉，下一集預定是短篇集。這是由於動畫版企畫的進行，故事內容自然會受到各種編排及許多人的需要或考量影響的緣故。當然，此後新作的發行，也都會照著長遠的既定行程按部就班地走，而下一集就是第一步了。

既然機會難得，我預定在這個短篇集寫些過去礙於頁數不足而作罷的小插曲和日常生活。例如為在第四集人氣暴升的保健室老師長谷川和刃更新寫一場戲，還有第三集省略掉的，游泳課前一天澪和柚希在東城家換上競速泳衣的經過……再來就是胡桃是怎樣被萬理亞要著玩……諸如此類，我一定會拿出一百二十分的色心——不對，是努力，寫出讓各位滿意的故事。

現在，我要向本作所有相關人員表達我的謝意。負責插畫的Nitroplus的大熊老師，感謝你這次又畫了那麼多傑作！封面的潔絲特殺傷力真的超猛的！再來是みやこ老師，感謝你為連載及目前兩集單行本奉獻的心力！我每個月都嘴角忍不住上揚地沉浸在幸福的感覺裡呢。然後木曾老師，也感謝你將我的作品畫成漫畫，從第一話就殺必死滿點，真是太棒啦！往後也請多多指教。

最後，責任編輯、各界關係人士，以及購買本書的讀者，這次也非常感謝各位的照顧，就讓我們下一集再見。到時候，或許會有更多動畫版的消息能向各位分享，我會衷心期盼那天的到來的。

上栖綴人

賀
第5集
潔絲特也快要
在漫畫版發威囉！
2014.3

插畫
新妹魔王
第五集
承蒙購買
寫篇住進
的潔絲特
打工當
的故事
後記
非常感謝!
刃更家
為了主人
服務生
怎麼樣啊?
潔絲特

©BOKUTO UNO 2012

Kadokawa Light Novels

發條精靈戰記 天鏡的極北之星 1~2 待續

Kadokawa Fantastic Novels

作者：宇野朴人　插畫：さんば挿

榮獲2014「這本輕小說真厲害！」第2名
伊庫塔與帝國騎士派駐北域卻捲入內戰中！

為累積實戰經驗，伊庫塔等「帝國騎士」必須遠征北方區域。目標是除了必須對付山賊和監視山岳民族「席納克族」以外，據說基本上相當清閒的帝國北域鎮台。雖然眾人抱著受訓的心態，然而等待他們的卻是嚴酷壯烈到超越想像的戰場!?

各 NT$200/HK$60

台灣角川

Kadokawa Light Novels

©SATOSHI WAGAHARA 2013

打工吧！魔王大人 1~9 待續

Kadokawa Fantastic Novels

作者：和ヶ原聡司　插畫：029

為了挪開排班表而傷透腦筋的魔王
將請假前往異世界營救勇者與惡魔大元帥！

為了拯救遲遲未從安特・伊蘇拉歸來的惠美和被加百列擄走的蘆屋，魔王與鈴乃一同衝進了通往異世界的「門」。而回到故鄉的惠美在父親諾爾德留下的記錄中，發現與自己的母親和世界的起源有關的情報？在異世界依然走平民路線的最新刊登場！

台灣角川

各 NT$200~240/HK$55~75

國家圖書館出版品預行編目(CIP)資料

新妹魔王的契約者 / 上栖綴人作 ; 莊湘萍, 吳松諺譯. -- 初版. -- 臺北市 : 臺灣角川, 2014.02-
冊 ;　公分
譯自 : 新妹魔王の契約者
ISBN 978-986-325-793-6(第2冊 : 平裝). --
ISBN 978-986-325-891 9(第3冊 : 平裝). --
ISBN 978-986-366-049-1(第4冊 : 平裝). --
ISBN 978-986-366-178-8(第5冊 : 平裝)

861.57　　102026372

Kadokawa
Fantastic
Novels

新妹魔王的契約者 5

（原著名：新妹魔王の契約者 V）

2014年10月13日 初版第1刷發行
2019年10月16日 初版第4刷發行

作　者：上栖綴人
插　畫：大熊猫介
譯　者：吳松諺

發行人：岩崎剛人
總經理：楊淑媄
資深總監：許嘉鴻
總編輯：蔡佩芬
編　輯：黎夢萍
美術設計：胡芳銘
印　務：李明修（主任）、張加恩（主任）、張凱棋

發行所：台灣角川股份有限公司
地　址：105台北市光復北路11巷44號5樓
電　話：（02）2747-2433
傳　真：（02）2747-2558
網　址：http://www.kadokawa.com.tw
劃撥帳戶：台灣角川股份有限公司
劃撥帳號：19487412
法律顧問：有澤法律事務所
製　版：巨茂科技印刷有限公司
ISBN：978-986-366-178-8

Shinmai Mao no Testament The TEstAmenT of SisteR New DEViL Vol.5

First published in Japan in 2014 by KADOKAWA CORPORATION, Tokyo.
Complex Chinese translation rights arranged with KADOKAWA CORPORATION, Tokyo.